化悲傷為一座璀璨花園

親愛的爸爸！沒有您，
我生命哪來的幸福！

璀璨夫人 著

博客思出版社

僅以此書獻給我最愛的父親

目錄

163 玩油戲

229 我的情人

132 夢中的婚禮

195 璀璨夫人

推薦序一

人間至愛，溝通無礙

好久以來，沒這麼哭過……上回，是四年多前，摯愛的母親病逝時……。而意外結緣、認識不過兩、三個月的韻慈——本書作者，卻是以哀慟、不捨、至真、摯愛地在字裡行間，涓涓流露出對去世二十多年的父親，一位偉大的爸爸的思念，傾訴、呼喚與泣求；那份牯犢情深，雖以四分之一個世紀逝，卻仍鮮明地躍然紙上，令人動容。

本書前半章節是作者對父親最深、最慟的懷念，慢慢地故事鋪陳到她自己的婚姻及與孩子的互動。貫穿全書的，我讀到「愛」——全然的付出、盡責的承擔、勇敢的面對、努力的經營，如同個人在成大任教十八年中最受學生喜愛的一門課——「婚姻與家庭」，它的核心議題，都在作者纖細的筆觸下一一呈現。

原本男女就有差異，不論是生理上、心理上，甚至社會文化的看待上。作者是家中三千金的老大，也是與爸爸溝通最多最深的掌上明珠。當年她年僅十七，卻要承擔如此突如其來的巨變——當輪機長的爸爸、她最愛的爸爸、更是她們一家子的「天」，就在一瞬間，全部崩析瓦解，因爲船難，父親殉職了；然而，身爲大姐的她（及她的母親、妹妹），在療傷過後，以堅毅、勇敢的心繼續在沒有「天」的路上，走過二十多年歲月。尤其是作者，竟放棄念大學，卻仍可在事業上一展長才，有一番天空，甚至巧妙機緣下，顧己也顧眾生地經營一個「璀璨花園」事業體，正如書名所言——化悲傷爲一座璀璨花園。

拜讀完後，手中握著的名片突然鮮活起來（初與韻慈結緣在中視，同錄「沈春華我們秀」時交換的名片），原來「璀璨」二字背後有個這麼奇特不凡的故事。因爲自我懂事，國高中以後，也經常期許自己要創造一個璀璨的人生，甚至在個人最新的作品輯中，即將問世的演講CD就是延伸璀璨而來的「找出亮點，活出光彩」，我相信，韻慈找到了，她正在璀璨花園裡亮麗地生活著——與她的老爺（這年頭還有人用這麼傳統的稱呼？足見伉儷情深與互重及兩個可愛的兒子。）

書中後半部以她的再創家庭爲主軸，但仍背負著原生家庭，三個女兒沒兒子的傳統包袱——夫家以姓氏而與以阻撓。但「愛著卡慘死」，韻慈的老爺太愛她，極力維護愛情，終於成功締結連理，甚至生了兩個兒子向世人展示——女兒國的家庭，生得出男丁的。這一點，我讚美他倆，因為迄今五十七歲的我仍被社會習俗偷笑著——讀到留美博士，當到成大教授卻生不出兒子——唉！了然某差工（台語發音）。我，已練到一笑至之！

所以說，韻慈這本璀璨花園近似一個失去摯愛父親、深受打擊的「女人生命史」，她的堅強、果敢、智慧、勇氣在在顯示出女性生命中被壓抑數十年的特質——女性可以是陽剛的，但也因其柔軟脆弱、敏感細膩的心，她依然是小公主、心肝寶貝、蛻變後的偉大母親，正與她老爺認真地經營事業與家庭。

對這麼一位兼具理性與感性的偉大女性——韻慈，我唯一能做的是寫一篇序，獻上滿滿的祝福——願妳的悲傷已遠離，真的遠離，才會使璀璨花園更多彩。

深信，妳對「至愛」父親的思念，也都浸在夢中化成毫無障礙的「溝通」，他，一定知道的。

成功大學教育研究所　副教授——饒夢霞博士　二〇一一年四月二十日

推薦序二

當堂主誤入璀璨花園的不悲傷故事

前戲

堂主，是璀璨夫人命名的。「因爲只有月姬二字感覺沒有氣勢。」

是呀，我們一向很有氣勢的夫人，總是能在關鍵的時刻，做出最有氣勢的決定；不管是在面對人生、愛情、婚姻、事業、小孩、朋友……還有親人，內心像蜿蜒透徹的清流，總是明白該往何處去，該在哪停留一座湖泊，在對的時間簇湧出生命彩虹的瀑布。

在她每段飛泉走瀑所穿鑿的石階斑紋上，果斷地捍衛了她的領土，也遍體麟傷，卻灌溉出這個用悲傷灌溉、被愛包圍的璀璨花園。

每一篇都看似生活中的醬醋茶般輕輕地提起，卻又是一生無法割捨的情義重重地難以放下。

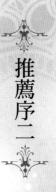

我說，夫人是個堅毅的女性。堅強的維持著屬於璀璨花園小宇宙的和平正義，因

爲，那可是她串串眼淚編織而來的。所以，若要形容她對父親的思念，只用了柔腸寸斷？那只不過是開始；刻骨銘心？這些言辭形容，對她來說都是失禮的。

那，該如何說？

堂主也思念自己的母親，年輕時少根筋卻總嚷著，爸媽你們以後就讓我養吧！母親，總也很捧場地戲言附和著說，「好阿！我們就都讓妳養！」但傳統如斯的他們，心裡頭放著的，當然是女大不中留。母親住院時，已經結婚的堂主還是選擇不顧一切的辭掉了工作，專心照顧母親，在母親意識還算清楚時，感嘆地卻又很欣慰地說：「以前說要養我們，想不到還真的是妳在照顧我呢！」，以前他們在養育、栽培我們時，不也是如此義無反顧的嗎？逐漸已經衰微的母親，指著電視上阿姆斯特丹的旅遊介紹時，撐起看似總是睡不飽的意識喃喃地說著：「阿妳不就要帶我去那裏玩？」掩藏住內心的嚎啕堅強地包裝著開心說：「好啊！等妳好了我們就去玩喔！」

我們都曾給自己內心的那個人允諾，有一天，我會實踐您的願望，因爲那也是我的。

這句話，不就是那個輕輕提起，而難以放下嗎？

該如何說？

看完了這本書，你會想抱抱她，拍拍她承擔這一切無名的肩膀，握著成就她今日的雙手，默默地陪伴在她的身旁，走進這座璀璨花園，看著她實現了當時允諾的願望，什麼都不需要說。

現任　大原堂國際事業有限公司　執行長——以母親爲名的月姬堂主　陳佩琪

推薦序三

這是一本女兒對父親思念的書，大家都知道女兒是父親前世的情人，所以，父親總是對女兒有許多的疼愛，女兒也常常是跟父親撒嬌的，更何況家庭裡面全部是女兒的父親，相對的也更加是家庭裡面最最重要的柱子支撐起家裡的一切。

認識韻慈是我一入行的開始，那時她是漂亮可愛的小女孩，每天在我身邊打轉幫助我跟我一起工作，我從來沒有聽到她說苦叫累的，看到她都是笑笑的蘋果臉，隨著工作的忙碌我們也漸漸的越來越遠了，直到前段時間因爲網絡我們才又再度連絡上，知道她結婚了有了可愛的小孩，感覺她是幸福的女人有愛她的丈夫有美好的家庭跟事業，我很是放心，小女孩長大了知道該如何面對自己的人生路，選擇她要的生活方式。

有一天，她打電話給我，邀我寫推薦我深感榮幸的答應並且請她給我看看書的內容方向，看完後我久久無法寫下第一個字，因爲我根本沒有想到那些時候的她背負著多少父親離世後的傷心和難過，她堅強的沒有跟我說過一個字，看到書裡面父親的離開對家庭裡面這些女性來說那是多大的改變跟傷心，她如何陪伴母親走過傷心的路程，負起一個做姐姐該有的責任，她面對感情和婚姻總總的爲難跟考驗幾度要放棄，卻也是在愛她的男人堅持下走過許多的風雨，如今她是値得擁有這一切的幸福。

今天我寫下給予妹妹的祝福，因爲她的勇敢堅強跟努力當然還有她的分享，分享人生的道路不是事事順利，事事如我們的心願，但只要不放棄有天都會過去，對於父母的愛也不會因爲離開而改變，面對現在社會的狀態，太多人容易放棄一切，包含放棄自己的生命，何不看看別人的故事跟分享，知道只有往前走才會對的起那些愛我們的人沒有放棄過自己，人生的不完美來成就日後的妳，韻慈妳做到了，妳的家人跟父母都會以妳爲榮的，祝福妳書大賣，未來更加精彩。

劉培華——彩妝造型師

自序

想要出書這件事……在我的腦海裡打轉了很久，卻一直是個「不能說的秘密」。說不出口的原因是因爲……害怕。害怕我傷心的回憶會哭到把電腦鍵盤給淹沒了，擔心我寫到孤獨之處，又會自我垂憐個老半天，更害怕大家檢視著我的一字一句。光是「害怕」這件事就又拖了很多年。第一次有出書這個念頭時，是因爲思念我的父親；這個傷痛是我今生最大的傷痕，每每憶起都傷的我體無完膚，像是經過了一場大手術，卻還要躺上手術台上等著醫生縫合那根本無法縫合四分五裂的傷口，給我再多的嗎啡、再多的麻醉藥都止不了這個傷痛，也縫合不了這個傷口；只能躺在手術台上靜靜的忍受著疼痛，忍受著不知道何時血會流盡的冰冷。我看著父親在船上寫給我的信……狠狠哭、痛快的哭。心裡閃過一個念頭……是不是有一天我能爲他、爲我、爲母親或者是爲了我的後代子孫……留下些什麼？我暗暗的在心中標記著「出書」這件事，還用我的眼淚圈上了「一定要」的記號。

在寫這本書的時候，我一直告訴自己先把最難熬的熬過去吧！最難熬的就是思念我父親的這一部份，每整理一次就哭一次，彷彿在過去的故事裡又走了一遭，一不小心就落下了一潭子的眼淚，永無止境的在傷心裡遊走。在部落格中，我曾寫下多篇思念父親的心情，每每也惹得大家陪我心酸掉淚；從來都不知道在自己筆下的文字是能感動人的，我不擅長寫華麗的文字，不擅長用艱深的字眼來表達自己的情感；只有，發自內心深處最單純最原始的聲音。我知道，單純、原始是最能觸動人的內心深處；不做作、不虛僞、不需要在文字上多作綴飾，因爲痛過，才懂「痛」發出來的聲音其實是很單純的音符，這樣的音符最能直達人心。

我從來都不「亂」做事情，每當對某件事有了計劃時，總能慢慢醞釀而生，還沒有全盤的計畫前……不會有任何人知道。在我決定出書時，心裡早也拼湊好整本書的內容。主編在跟我面談之後，希望我全書都能以思念父親的文撰寫；一些前輩看過我部分的稿之後，卻希望我能跳脫思念父親的這一塊，多寫些人生的事；我是個信念相當堅定的人，只要我決定的事，鮮少有人能改變我。因爲，只有我知道……自己要什麼！即使面對主編大人，第一次面談，我的堅定和我爲何想出書的故事，居然，讓主編大人在我這個未曾謀面還不知道是否能成爲某本書的作者面前……掉了眼淚；這可不是一件容易的事啊！我邊說故事邊掉眼淚，心裡還要「忙著」對眼前這位主編掉眼淚的事「震驚」

的不能自已；看著這位陪著我淚眼汪汪的主編……我知道，這本書的出生，非她莫屬了！

第一個知道我要出書的當然是我家老爺；我故作淡定的跟他說：「我要出書囉！我真的要出書噢！」他那淡定的表情和聲音：「嗯」，讓我想要出書的信念也更加堅定。因為，我知道這位強壯的漢子將是我在出這本書時最溫暖最堅固的靠山。第二個知道我要出書的是Gene，她是劉若英小姐的粉絲；為了一件「夢遊T恤」，她不小心落入我的「陷阱」，一不小心也變成「夫人迷」。就在九九年劉若英小姐的「脫掉高跟鞋」演唱會上我們終於見面了。出書這件事，其實是越少人知道越好，因為我害怕的事情實在太多了；透露了我想出書的念頭，這位夫人迷的問題倒也不少；她輕聲說著：「很好阿！那妳想寫些什麼呢？」，我說：「我想為璀璨花園做紀錄，想為我的父親留下些什麼……為我一路走來的生活歷程留下些什麼，妳……最期望看到我寫些什麼呢？」，她說：「很感動……真的很感動，我最期望看到妳寫生活中的感動與一些啟發。」。我的心輕輕的震了一下，知道……她真是「夫人迷」；我知道，就算真的沒人會買這本書，她也是第一個會給我支持的「粉絲」。第三位知道的是「月姬堂主」——我的良師益友陳佩琪小姐；我不知道這本書是不是我的最後一本書，或是，應該說有沒有勇氣寫第二本；不過，能肯定的一定是「第一本」。雖然我寫部落格也寫了很多年，但，畢竟我不是一位「作家」；太多的害怕讓我與有出版經驗的月姬堂主商量著我到底該從何處著手，也請她在我的寫作過程中給予指導。我知道……就算這本書沒能得到掌聲，這位好姐妹絕對會讓我躺在她的大腿上……撫摸著我的頭，讓我繼續做著我的夢。

我想跟我最愛的父親說：「謝謝您賜給我勇氣，我是這麼的愛您……虎父是不會有犬女的」。想跟我的母親說：「媽！吼！我沒騙您啦，我真的做到了！」。想跟我家最強壯的漢子說：「親愛的，我終於出書了……謝謝你給我的愛和支持，不好意思捏，你娶到了一個勇敢追夢的女人」。想要跟我的兩個妹妹說：「如果有來生，我還是想當妳們的惡霸姊姊」。想跟博客思的主編「張加君」小姐說：「謝謝妳掉下了眼淚，妳的眼淚裡也有我的勇氣，促成了我們合作的良緣」。想跟你們說：「謝謝大家在這段日子裡的陪伴，我很感恩，謝謝你們……謝謝……」。

我很愛看電影。如果，你問我哪一部電影最精采？我會說，最精采的一部電影是「人生」，你永遠不知道明天會發生什麼事、會遇見哪些人，天上掉下來的禮物會不會砸到你；甚至，你根本不知道該何去何從；所有的不確定，都是人生精采的開始。在我生命中所有的快樂、悲傷、孤單、憤怒都是促使我成長的催化劑，我都心懷感激。現在，也請您在我半生的成長過程中走一遭，看了之後有傷悲……我陪您，看了之後有笑聲……我陪您……我們一起走下去。

我不知道很久以後的將來，會不會有人拿著這本書來請我簽名。不過，我想我會很樂意將我的心印在上面。

璀璨夫人　二〇一一年五月二十日

璀璨生命

親愛的爸爸：對不起……那麼晚還吵您，二十一年了……今晚的我又因爲思念……哭濕了枕頭，思念……多難熬阿！

1. 你知不知道

你知不知道
我用我的心……代替了你的……
感受了世間的人情冷暖

你知不知道
我用我的眼……代替了你的
看盡了世間的悲歡離合

你知不知道
我用我的口……代替了你的
嚐盡了世間的酸甜苦辣

你知不知道
我流下再多的眼淚也喚不回你
你知道……
你都知道……

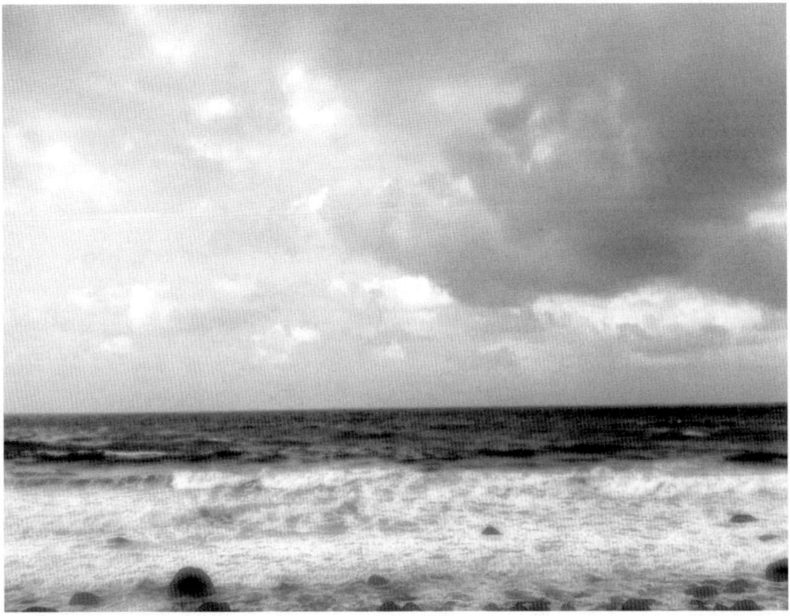

2. 給董建華先生的一封信

董建華先生您好：

執筆想寫這封信給您，想了似乎有一世紀那麼的久。每次，輕輕的提起筆來又重重的放下。在紙上沒留下半個字，只有我滴落的眼淚。空氣裡，凝結了我在心裡低迴不已的嘆息聲。我的心情是沉重的，或許就是因爲太沉重……沉重到我想逃避已成的事實。但是，這樣的逃避卻還是躲不了二十幾年來精神上的折磨。或許要完成這封信，我才會覺得我盡了爲人子女的責任吧。

失去「海上巨人號」，對您而言只是失去了財產的一部份。失去了「劉玲勝」這位輪機長，對貴公司而言只是痛失英才。但是，您知道嗎？失去了父親，對我們而言，是失去了我們的天，失去了我們生命的全部……失去了他……我們是失去了全世界啊……。

您當然不認識我，因爲我是如此的渺小。但是，請您看下去，給我一點時間喚起您的記憶，但卻是我最傷悲的回憶。您還記得貴公司曾經有過一位輪機長「劉玲勝」嗎？

如果您忘記了，我提醒您一下「海上巨人號事件」您應該不會忘記吧？這位在此事件中喪生唯一中國籍的輪機長……。我是他的大女兒。每憶起這事件就會紅著眼眶，滴著滾燙的淚水，思念著我最愛的父親。我一直在想，我該如何用白紙黑字去跟您說這份永難撫平的傷痛。偏偏，我不爭氣的淚水浸濕了一張張的紙……模糊了字跡。

我永遠忘不了那一天……。

那一天，媽媽準備帶我們去參加她一位結拜姐妹小孩的生日慶祝會，她打扮得好漂亮，歡歡喜喜的出門去拿蛋糕。我跟兩個妹妹在家裡開心的等著要出去玩。突然，我接到公司打來的電話要找媽媽，我告知母親出去一會兒就回來，電話裡的叔叔跟我說：「那請媽媽回來時打電話過來」；我們三個小女生根本無法預期接下來發生的事竟然是如此的可怕。母親提著蛋糕回來，我趕緊告知母親說：「爸爸公司剛剛打電話來」。在我的心裡覺得應該是件開心的事，可能是爸爸要提早回來。沒想到母親一聽到我說的話，蛋糕幾乎是「丟」在桌上的，她一邊顫抖著，嘴裡還一直唸著：「妳爸爸公司打電話來，怎麼可能，是發生什麼事了……這麼多年公司從來沒有打過電話來……」，她的手也顫抖著撥著電話……電話撥通了，只聽見母親說著她是「劉玲勝」的妻子沒多久，

傳進我們耳裡的盡是尖叫聲，母親大哭的直喊著：「不可能……不可能……你們確定了嗎？……我什麼都不要……死要見屍……還沒找到我先生的屍體……」，母親搥胸頓足的哭趴在地上。「我求求你們，我求求你們了，一定要找到他的屍體，死要見屍，我要我先生的遺體回來……不能火化……我要他的人不要他的灰」。

原來，天堂和地獄真的只有一線之隔。本來是歡歡喜喜要出門的心情，這通報喪的電話頓時把我們打入了冰冷的地窖裡。回憶至此，我的心淌乾了血……眼也流乾了淚……。

掛了電話，我和兩個妹妹都還搞不清楚是怎麼回事。母親像是發了狂似的哭叫著衝下樓要告知爺爺、奶奶這個噩耗。我跟在母親的後面……正確一點說，母親是滾下樓的。我一邊尖叫著一邊心疼著重重摔下樓的母親。只見母親摔的渾身是傷，父親送給母親的玉鐲也摔斷了……割傷了母親的手，全身是血跡斑斑阿！二十幾年了……此情此景如影隨形的跟著我，是我最深的恐懼。董建華先生，您知道嗎？直到現在我回憶起心裡還都無法接受這個事實。爺爺、奶奶也嚇傻了，我們3個小女孩在四樓就聽得見他們在二樓的哭喊聲。母親再也沒有力氣了，兩位老人家攙扶著母親上樓處理父親的後事，母親全身癱軟哭到近乎昏厥。我沒有眼淚……一滴都沒有。我幾乎是處在「空白處」，我絕對不相信我的父親會……「死」……那是多麼可怕的字眼，根本不曾存在我腦海裡的字眼。

接下來的日子是可想而知的。母親通知親友這個噩耗，每打一通電話就是又一次的折磨。原本充滿笑聲的幸福家庭只剩下淚水和哭泣聲。母親是傳統的台灣人，依照習俗在家裡要佈置靈堂，爲此事我與母親有過多次的爭執。因爲我就是不相信我的父親「死了」，怎麼可能……怎麼可能……你們大人是不是都瘋了……我的爸爸怎麼會死了呢？天知道……瘋了的人是我，我瘋得厲害，瘋得不肯相信這是真的。哈！多麼悲哀阿……。等待父親大體回來的日子是非常難熬的。要感謝您……感謝貴公司……實現了一位可憐的婦人「死要見屍」的心願。這也是唯一的心願了。

這位單純可憐的妻子心存感激，謝謝你們尋尋覓覓，竟真的將大體從冰冷的海灣裡撈起，謝謝你們盡力保持大體的完整，謝謝你們讓我們見到了父親的最後一面。這是大恩一定要言謝，因爲，我們知道在當時要將大體完整的從那麼遙遠的海灣裡運送回來是困難重重，要經過好幾個國家的海關。我們知道，如果大體只要有一點兒腐爛就過不了關，必須當場就要「焚毀」。謝謝你們爲我父親的大體做了很好的防腐。雖然我們很不捨……很不捨在做防腐的過程裡要將我父親的內臟挖乾淨，他應該不會痛吧……？沒了

心肝、沒了五臟六腑哪會痛……。可是，我們的心好痛……好痛……好痛……。

大體到了台灣海關時，是母親先看過父親的大體。她交代著……如果父親的大體是「好看的」才會讓我們看，怕的是見過父親的大體後會在我們幼小的心靈上留下陰影。開棺後，可想而知的……母親哭倒在父親棺木旁。她跪著聲嘶力竭的呼喊：「玲勝、玲勝、我的老公阿……」一遍又一遍的叫著她的「天」，呼喊著一個……一個再也不會回應她的……「人」……。外婆也萬般不捨這個孝順的女婿，哭到險些昏厥過去。萬幸，父親大體的面容很安詳。母親啜泣呼喚著我們過去看看父親的最後一面，要我們小心眼淚絕對不能滴落在父親的大體上；聽說，親人的眼淚滴落在大體上會讓靈魂被灼傷，他的靈魂也會痛……多斷腸阿……。我走過去看著父親的大體，心亂如麻。我不敢相信，我真是不敢相信……也不想相信這具冷冰冰的大體會是我的父親。他不明明就是個「人」嗎？冷冰冰的他看起來依舊帥氣，那明明是我的爸爸……怎麼會是「大體」？他全身只有裹著白布。我們真是很難相信……在父親的大體還沒運送回來時，三妹和外婆竟在同一個晚上夢見只有身裹白布的父親，在夢裡父親跟三妹和外婆說他好冷。能不冷嗎？大體落在海裡飄流，撈起後又只有裹著白布……能不冷嗎？我們的心糾結著，安慰著自己，那個夢表示他有回來，經過道士的招魂他真的回來了，三魂七魄沒在遙遠的國度裡流浪。跟著道士……我們披麻帶孝一路送父親去殯儀館。父親膝下無子，就只有我們三個女兒，依照習俗是要長子捧著靈位牌的。我是大女兒，從那一刻起……我就是「長子」。我知道，我不再是那個嬌滴滴被父親捧在手心裡的寶貝女兒了。捧著靈位牌坐上靈車……我居然一滴一滴的眼淚不自覺的掉。知道傷心了，多諷刺阿！我居然是如此的倔強……不見棺材不掉淚。淚眼模糊中我預見自己將來是要多麼的堅強、多麼的勇敢。母親沒有謀生的能力，兩個妹妹還那麼的小。當年，我高中二年級，二妹國中二年級，小妹國小五年級，我們到底該怎麼辦……該怎麼辦……？

「海上巨人號事件」在當時是件大事，媒體報紙都以大篇幅的頭條來報導。我們在家看新聞聽到主播唸出父親的名字時，可以用「驚恐」來形容當下的心情，雖然已是「早知道」的事。可怕的還不是這個，可怕的是，某大報用了斗大的字眼說我父親的意外過世讓我們拿到了一筆爲數「非常可觀」的保險金，他們報導出來的金額爲數不小，這筆金額當然跟我們拿到用父親的命「換來」的金額有很大的落差。但是這些沒良心的媒體，一次又一次不實的報導，讓我們孤女寡母擔心受怕。「妳們上學要小心阿！下課要趕快回家，媽媽一個人實在無法保護妳們三個」，母親不僅要承擔父親去世的痛，還要擔心我們的安危；她害怕，因爲這著不實的報導會讓我們被壞心的人綁架。「媽，不

然這樣好了，我先休學，每天保護妹妹去上課。」爲了這個該死不實的報導，我差點連高中都畢不了業。母親也心疼我的懂事，執意不肯。報紙上「假設」我父親「真正」的死因，讓母親因爲承受不了這個痛，數度幾乎昏厥過去。我父親真正的死因爲何？有報導說他是掉進海裡淹死的，有報導說他是找不到救生衣。呵！可笑，他們如親臨現場的報導會讓我父親在天之靈笑到掉下來吧！驗屍報告出來了，我父親的肺裡沒有水，不是被那該死冰冷的海水淹死的，是被船上那該死的濃煙嗆死，再掉進那該死冰冷的海裡……隨著海浪漂流……直到你們將他撈起；又是一次的心碎。我們不知道這樣的死法是否痛快，能肯定的是，他在死的那一剎那……腦海裡一定裝著對家裡妻兒的牽掛。

是阿姨陪著我去拿鑲好框……父親的遺照，一路上哭著走回來。撫摸著框裡父親微笑的面容，心裡有太多的不捨。一次又一次的將遺照擁在懷裡，不敢放聲大哭，只能將心裡的悲痛化成無聲的淚水。一次又一次的擦拭著被淚水弄花了的照片。爲父親守靈的夜晚是如此的寒冷，冷到忘了取暖，冷到牙齒忘了打寒顫。四個弱女子手拿經書跟隨師父們爲父親誦經，一字一眼淚，希望他一路好走。母親不時的催促著我們要輪流去休息，沒有人捨得放下經書，就怕少念了經文父親不能早日去菩薩的身邊修行。

終究要送父親最後一程的，送他去最後他該住的「房子」裡。母親不捨父親的大體火化燒成灰燼，讓他入土爲安。「好可憐……妳們都還那麼小」墓地的工人如此說著。看著棺材裡躺著的是我最愛的父親，他終於要入土爲安了，但是活著的人才是折磨。埋葬的不只是他的大體，我們的心也跟著被埋葬在這不見天日的「房子」裡。

蓋棺論定，風風光光的送走了父親。父親的後事是辦得很風光的，燒了無數盡的金銀財寶，希望父親能在另一個世界裡好好的過日子。我感謝當時來參加父親葬禮的高階主管們，非常謝謝你們所做的一切。還要感謝那位……因爲身體不適，臨時跟父親換班的輪機長，謝謝您爲我們送來父親託您帶給我們的家書，也是遺書……。誰都沒料到……家書會變成遺書。您沒敢親自交給我的母親，是怕她傷心過度。託我三叔在比較適當的時機交給我們。我們收到了。雖然是徒添了我們的傷心。但，字字句句都是他留給我們最寶貴的遺產了。我讀著信上的一字一句，恨不得死的是我。您知道嗎？我真的願意……，至少能留住我們的天，母親的幸福。如果我能爲他擋死，我絕不會退縮。

這種感覺真的很難形容，我還是不清楚我們的心是安了還是不安；安心的是，終於將父親的後事辦好了，讓他入土爲安；不安的是……我們的靈魂，不知道該怎樣過日子的靈魂。

爲什麼……爲什麼……爲什麼……你們要騙我們，當初不是說好一定會確保我父

親的安全，絕對不會出問題的。您知不知道我父親才從船上回來跟我們團聚沒多久阿，他就永遠的回不來了。您知不知道，他有多愛我們。您知不知道，他打算跑這最後一趟船就不再上船，想要自己做點小生意……不再跟我們分開。您知不知道……您知不知道……您知不知道，他上船前給我的零用錢我都還沒用就與他天人永隔了。您知不知道，我要挽著他強壯的手臂走進禮堂，將我的幸福交到我的白馬王子手上。您知不知道……我的孩子沒有阿公可以喊。您知不知道……我父親辛苦了大半輩子，就是希望有一天能含飴弄孫來彌補他的天倫之樂。您知不知道……我多想看到他與母親浪漫深情的擁吻跳舞。您知不知道……他就是我們的幸福……我們的摯愛。天啊！您到底知不知道……知不知道……有位佳人在水一方等著她的情郎回來團聚，她這輩子的青春都給了這個男人，他們要白頭偕老，現在只能待續來生緣。真的……真的會有來生嗎？

父親在要上船前跟母親說這是他最後一次跑船了，他不想再跟我們分開。最後一趟跑船，真的是最後一趟了……。母親哭乾了淚之後還是得要「母兼父職」的將我們3個嗷嗷待哺的女兒撫養長大，這過程實在是很不容易的。我心裡好怨……好怨上天給了我們這樣的一個緣份……情深緣淺。但卻也給了我們堅毅的性格，在人生的路上不怕跌倒。這樣大的巨變我認了，我知道再多的眼淚都喚不回這已經成定局的事實。高中畢業之後我沒再繼續升學，完全的提不起勁來。父親在世時知道我對語言很有興趣，希望能將我送出國去唸書。但家逢巨變，不能加重母親精神上和經濟上的負擔阿！入社會後，我努力向上，認真的學習。當年我父親靠著自學進修才能爬到輪機長這個位置，而且還是在貴公司裡，這麼多人嚮往的大公司；虎父哪能有犬女，爲了不辜負我父親在世時對我的期望，我圓了一個他永遠都看不到也無法跟我分享的夢想。但是，我知道他在天之靈一定是很以我爲傲的。

「唉！」我又重重的長嘆了一口氣，這世上如果能有早知道……早知道我父親會落得如此下場，我們願意散盡家財買這個「早知道」。誰無父母，誰無子女。雖然我們與父親聚少離多，但，這空間上的距離從未能讓我們心上相繫的距離減了絲毫半分。從小我體弱多病，好幾次進出鬼門關，母親寫信跟父親說爲我治病花了很多錢。父親跟母親說一定要救回我，無論花多少錢，錢可以再賺，絕對不能失去寶貝女兒……。我最親愛的爸爸阿……我何嘗不是這樣子想。如果可以……我願意讓老天爺將我換回您。我願意替您受這個苦，被濃煙嗆死後還要掉進冰冷海水裡浸濕隨波漂流……的苦。這樣的苦……我在心裡替您受了千百萬回……。

不用勸我放下，家裡的每一個人永遠都放不下。也不准放下。我們哪能放下呢？世

間的人情冷暖我們都見識到了，世間的悲歡離合我們都感受過了，世間的酸甜苦辣我們也都嚐遍了。如果我們放下還有誰能記起他。誰會記得曾經有過一個這樣的人？誰會記得曾經發生過這樣的事？對我父親而言那是不公平的，我們能對他付出的也只有……不放下了……。以前父親在世時曾語重心長的說過：「以後我走了也只希望你們能常常想起我，多到墳上看看我，其它的也別無所求了」；不放下，這也是我們唯一能做的了。二十幾年了……我不知道母親和妹妹是否還能記起父親的聲音，我是能記起來的，因爲……我常常在夢裡跟他相會……。

這封信，是我的回憶代替了眼淚，還是眼淚早已是記憶中的一部份了，我不知道……。我也不知道這封信要如何才能交寄到您手裡，也不知道隨著這封信的流傳是否有一天您會看得到。這或許都已經不是重點了。重要的是，我能誠實面對自己的情緒不再壓抑。我詳細的記錄下這些點點滴滴傳給我的後代子孫，我要他們知道，他們曾經有過這樣的一位阿公、祖父、曾祖父……而他的妻兒是這麼的想他……念他……愛他……把這份情感流傳下去直到天荒地老……。

最後，還是要感謝您，感謝貴公司曾經對我父親的提攜。不怨您、不怨貴公司，只怨命運的捉弄。感謝您能看完這麼冗長的一封信，如果您能看到的話……。

3. 給父親的一封信之一（寫于二〇〇八年四月一日）

親愛的爸爸……

對不起，我知道您不會希望看到我的眼淚……

剛跟媽通完電話

二十年了

一轉眼就過了二十年

我已經是兩個孩子的媽媽

爲人妻、爲人母

媽媽輕聲嘆了口氣，我也是

強忍住想您的情緒，不敢哽咽怕媽媽又更傷心

今年真的很抱歉

在清明祭祖的大節日裡無法回去看看您

相信您一定很難過　但是您一定也會體諒我的

我止不住的淚水　只能任它滴下　擦也擦不完
我不敢想起　看到您回來開棺的那一刻
全身包著白布　沒有蔽體的衣服
怪不得您說……好冷　葬身大海…………
我沒忘記您的聲音……卻又是最怕記得的
您能知道我們有多愛您嗎
相聚的時間那麼少，分開了……就是一輩子的永別
心疼您……沒能看到我的兩個寶貝兒子
心疼您……爲了工作養家……沒了命
心疼您……沒能享過女兒的福
心疼您……沒能在我身邊分享我的驕傲
好愛您……您知道的
最喜歡您在夜裡幫我蓋上您厚重的睡袍……好溫暖

可惜我今生再也無法回報您
相信我……如果有來生，我爲您……死也願意
因爲那是應該還您的……您對我的愛……無人能比……

親愛的爸爸……不用爲媽媽擔心
我們都有好好照顧媽媽
我們把應該給您的愛……加倍付出在媽媽身上……
現在下著大雨，就有如我掉下的淚……
說再多的「愛您」都於事無補
可是……好愛您、好想您
卻也是我只能用言語所能表達對您的思念與感情

二十年了……真的好快
我都不知這些想念您的日子是怎樣熬過去的
「大大」也走了，希望你們能在天上相聚

我也很想去陪您……
不想在……這裡……
我知道您一定不肯的
因爲您的寶貝孫子還需要我的照顧
我知道……我不會……傻……的
只是……想讓您知道
不管您走了多久
有一天我變成滿頭白髮的老太婆
我……還是那麼想您、愛您
等到那天時
我會很高興……
因爲，我們就可以相聚了

答應我，到時候看到我……一定要緊緊的抱住我
不要分開了……讓我好好孝順您

不要輪迴……不要轉世
我這樣太自私……我知道……
可是時光無法倒退
我無法止住眼淚……對您的思念……
好愛……好愛……好愛……好愛……您……
等我……我們一定會再相聚的……
真的……真的……很對不起……沒去看您　原諒我
我們今晚……夢中相聚……好嗎？
女兒等您入夢來

親愛的風
請你聽我說
我知道雲是不該傷心的
一哭
地上也濕了
請你轉告我的父親
我哭泣是因為我不想再哭泣
請你把「我很好」帶給我的父親
我不再是女孩
一個女人成長的過程是很辛苦的
哭過就會更堅強
請你別忘了要回頭來找我
把我父親的擁抱
帶來

4. 母親的孤單

外面下著大雨
淅哩嘩啦的雨聲惹人孤單
心中有好多的感慨

孩子都睡了
剩下我坐在電腦前開始拼命的工作
又開始了之前老爺在上海那段孤獨的日子
心裡想著的不是自己的孤單
而是
母親的孤單

老爺來來去去

我的孤單是暫時的
父親的過世對於母親而言卻是永遠的孤單
我都會想
這樣寂寞又孤單的漫漫長夜母親是如何度過的
想起母親曾跟我說過的話
她也曾孤單到想去撞牆
在數不清的夜裡痛哭失聲
但是爲了我們，她還是必須要堅強的活下去
不能讓沒有了父親的我們又沒了母親的照顧

現在
我能深深體會
老爺不在家的日子
我也是要有何等的堅強阿
忍著開完刀的腳傷，再痛也要洗衣做飯

幫孩子洗澡，整理訂單寄貨
等孩子睡了，才能讓自己稍稍喘口氣完成未完成的工作
寂寞並不會
因爲有粉絲和茶迷在線上陪我聊天
總是關心著我的心情
怕我一個人會胡思亂想
夜裏我對著電腦看著爆笑的對話，還會笑出聲來

雨越來越大
孤獨越來越深
想起母親
讓我的心好痛
因爲……我也是女人
沒有任何一個女人能忍受失去摯愛……終身的伴侶

那段老爺在上海的日子
每天都要跟他通電話
只爲了知道他安不安全
要老爺一定要吃飯~不能餓著了
聽聽他的聲音
也是讓我堅強下去的動力
有時候
我真的也很佩服我自己的堅強
我的外表
跟大家想像的不一樣

親愛的爸爸……我好想您
您孤單嗎
下那麼大的雨
您會冷嗎

您放心
現在我爲了孩子……爲了母親
會更堅強
雖然
我還是會掉淚

5. 家書

現在的人甚是好命，拜科技之賜，只要打上幾個字，將手指頭在滑鼠上輕輕一點，就能將纏綿悱惻的情意送到愛人的身邊；當然，還有心頭糾結思念家人的心情。再遙遠的距離，都不怕幾十年後相見時會認不出來；「視頻」這玩意兒解了分隔兩地的相思之苦。

在還沒有網路的時候，光是信件往返等待的時間就夠折煞人的了。你有沒有想過，古時候的快馬遞書信和飛鴿傳書，那又是怎樣的心情呢？家裡兩老生病接到消息時，恐怕已是天人兩隔；家裡的媳婦添了個胖娃娃，知道時恐怕會叫爹了吧！

我認真想過，這書信的往返快速或是緩慢，是否跟「發生的行爲」有關呢？我這麼說好了，打個比方，就是因爲網路傳遞的速度快所以速食愛情也比較多。在網路上互相看對眼，只要探探對方的「意思」很快的就能一拍即合「試用」去了。但，如果要等一封書信是那麼的久……這種等待的心情是很苦的，有了時間、空間的距離，多添了份朦朧的美感，或許要這樣才能更珍惜彼此之間的感情吧！剛開始，網際網路發達時好多人

都讚嘆這樣做事有效率多了，彼此的互動也更頻繁。不過，多年之後，能收到手寫的書信或是節慶賀卡反而珍惜了起來。

我好慶幸……好慶幸，親愛的爸爸……那時候網路並不發達所以我才能保存了您親筆寫的家書。

父親意外過世後，整個家老是冷冷清清的，連呼吸著的空氣都像是結了凍般的令人難以喘息。母親的眼神也是空洞的，不再散發出一個幸福女人該有的光芒。其實，父親長年跑船不在家我們也早已習慣了，母親一肩擔起母兼父職的工作也是「很平常」的事；我們似乎都在假裝……假裝家裡沒發生過任何的事情，假裝父親還在跑船，只是……一直沒空回來。逃避變成了每天要演的戲碼，母親、我和妹妹則各自承受著心裡的喪親之痛，直到……母親半夜哭醒說父親回來了；她側睡著感到身後似乎有「人」爬上床，母親嚇醒不敢動以爲是自己的錯覺，她拚命鎮定自己的心情，認真聽著身後的聲音，發覺……真的有「人」在她身後，她哭喊著：「玲勝、玲勝是不是你阿……？」。我和妹妹跑到母親房裡，本想安慰她，卻抱在一起哭成一團。

在世的人總是要過下去的，我們依舊上學、放學，母親依舊的煮飯、洗碗，做著一如往常該做的家事。放學回到家，還是有母親爲我們烹調的飯菜香，一口一口吃著母親做的菜，我這個不體貼的女兒說了話：「媽，妳最近做的菜好像……很難吃耶，味道都不一樣了……」。母親給我一個溫柔的眼神說：「味道都不一樣阿……唉！沒辦法，實在是沒心情煮，我自己吃也出不出個味道來」。說著說著我和母親又紅了眼眶。我心裡很懊悔；自己怎麼那麼壞、那麼可惡，不好吃也得吞下去，幹麻要說出來呢！

每天要這樣假裝父親還在跑船的戲碼實在是很痛苦不堪的，我們都知道父親不在已是事實，我們到底是對著誰演呢？晚上大家輪流發噩夢，互相安慰著對方，同時也安慰著自己。直到有一天我崩潰了，我做了個夢……夢見父親全身溼答答的回來嚷著：「我好冷噢！我好餓噢！有沒有東西可以吃？」，我看見如此狼狽不堪的父親，傷心的從夢中大哭著醒來，母親跑進我房裡問我怎麼了？我大哭著，跟母親說：「爸爸回來了，說他又冷又餓……」。母親也崩潰大哭了起來，說：「那怎麼辦？他又冷又餓要弄什麼給他吃啊？怎麼拿衣服給他穿啊？燒了那麼多紙錢和衣服他都沒收到嗎？以前妳父親在世時妳們都不知道要好好的愛他，現在再來哭有什麼用……」。我哭得更大聲了。

就這樣，每天過著哀悽的日子，還要假裝沒任何事發生過；這種心情任誰也無法給我們安慰，我們想要的只不過是父親而已啊！沒多久，母親找我們商量想要搬回去基隆與外公、外婆同住；一來，外公、外婆年事已高，搬回去互相也有個照應，二來，那畢

竟是母親的生長地，人親土親，心裡也不會那麼的孤單。但是，我卻步了。在台北長大的我，很難接受搬去一個會讓我孤單的地方啊！我的朋友都在台北，早就習慣了這個熱鬧擁擠繁華的城市，搬去那個老是下雨的港都，我心裡恨極了。心情一直在拔河，自己安慰著自己，希望母親搬回去基隆後不要再觸景傷情，一邊忿忿的想著……那我呢？我該怎麼辦……？我心裡當然很明白的還是要以母親爲重，慢慢的收拾自己的心情……慢慢收拾自己的行囊。

搬家這件事是非常累人的，在這個過程當中你會丟掉很多東西也會找到很多驚喜。

母親一直要我將放在頂樓花園的紙箱收拾好，裡面全是我求學時代的回憶，有畢業紀念冊、有許多我珍愛的書、有我國小看國語日報的剪報，我最得意的是，從國中到高中既整齊、漂亮又完整的英文筆記，我的筆記本永遠是乾乾淨淨的，誰都不給摸，那是我的心血。偷偷的拖延著時間，想著，能多一天待在台北是一天，沒想到，心急的母親竟然耐不住想回娘家的心，一股腦兒的，將我的寶貝全給丟了；我氣到好幾天不跟她說話，恨她把我兒時的記憶全毀在搬家這件事上。我躲在房裡心裡滿是恨字，我好恨老天爺居然給我這樣的命運，沒了父親還要可憐兮兮的搬家，我哭喪著臉，整理打包屬於我自己的東西，就在一個袋子裡發現了三封父親寫給我的家書。我如獲至寶般的將信緊緊的壓在心口兒上，手顫抖著打開了這已經泛黃的航空信封，看著裡面的信紙，看著父親寫給我的字字句句。我的心何止是碎了……邊哭著邊撫摸著信紙上的一字一句，我知道這是我最珍貴的東西了。父親的字跡是非常整潔有力的，撫摸著這些字字句句彷彿父親的聲音猶言在耳……滴下的淚是我止不住的傷心，一邊哭著又一邊擔心著會將信紙哭濕模糊了字跡；看著父親在信上交代我別忘了母親的生日，要我好好唸書，等我考上高中要讓我出國玩；心裡不斷的嘆息……無力感佈滿了全身。

印象最深刻的是在小學的時候，我們班上同學的親戚在日本給他買了個好漂亮的書包。我喜歡得要命，寄望父親去日本時也幫我買一個。母親要我自己寫信跟父親要去，因為父親是如此疼愛我，在遙遠的國度裡能看到他大女兒寫給他的字字句句是他莫大的安慰阿！等阿……等的……每天吵著母親問怎麼爸爸還沒回信阿？信他真的收得到嗎？還要等多久阿？母親幽幽的說：「我也在等阿……」。終於，收到父親寄回來的信了，信上大意是……只要是我喜歡的東西父親一定會買，不過，他實在忙碌不一定有時間幫我買回來，父親交代母親帶我去找找看，就算沒有我看上的那一款，也可以買別款的。重點是，父親怕我養成虛榮心，在信上還不忘交代要我「愛用國貨」。哈！我這用心良苦的父親阿……。

又從抽屜的最深處把這三封信給請了出來，放進機器裡掃描。希望藉由現代的科技能將父親的字跡保存下來，航空信件郵費貴，所以，信封信紙都薄的很。我是甚少去翻閱的。一來，看一次就哭一次，又要傷了心傷了神。二來，深怕這些紙張不敵歲月的侵蝕風化脆弱了，那堪得起一再的摺疊，還要承受滴下的淚水。

掃描完，我又將這三封信放進抽屜的最深處……將它深深的藏起來……藏在陰暗處。

親愛的風請你聽我說
請你轉告我的父親
這三封信我會好好的保存起來
他們是屬於我的
留給我的兒子
最後恐怕也是祭了焚化廠的五臟廟
待我走完人生的旅程時
我會要我的兒子焚燒給我
我還是要帶在身邊
不然
我怕我在跟父親相聚的路上
會
孤單

S. T. "ENERGY PROGRESS"

DATE,

韻慈吾女：

很高興的收到妳中英文並茂的來信，心中的欣喜是妳可預想而見的。雖然連著二晚的熬夜體力顯有不支，然精神上的充實卻支持著我給妳們覆信。此無它，因為可愛而聰明的妳們是妳母親和我之有的無價之寶呀。

展讀來信後覺吾女勝愛英文且有特優的成績，實感高興萬分，本擬也寫几句英文作覆的因英思欠缺，留待下次再說吧。只是聯考在即，升學的壓力日重一日，希望妳百尺竿頭更進一步，能在明年考取較念意更佳的學府為盼。這是我和妳母共同的期望。不知妳能否突破此一瓶頸試試且以待之。如有所成，父當實現全妳去香港一遊之心願。

媽媽近日身体欠佳，身為大女兒的妳，希能利用閒暇督促妹妹們代為分理些家務事，以釋爸爸在外對妳媽媽的牽掛。妳說好嗎？

一晚要寫三封妳們三姐妹的信，實在不能暢所欲言，爸爸即免贅文，寫後再和妳們聊聊。願

學業進步。 聰明伶人

父 字。

75.11.23.

S. T. "ENERGY PROGRESS"

DATE,

韻慈吾女：

自上次收到妳們姐妹三人的來信後，又有很長一段時間沒有收到妳們的訊息，甚念之。想妳們必是因課業繁忙而無暇給我寫信是嗎？但願妳在忙完聯考後，還慈和平慈在忙完期中考後都能給我來封信報告一下妳們的近況。因為爸在外雖然為工作而忙碌著，然而對妳們的牽掛和思念卻仍是分毫不減的。但願妳們也能如同我思念妳們一般的思念我才好。

看看日曆，對於我寶貝大女兒挑戰的日子是愈來愈逼近了，不知妳是否已有充分的準備？做父親的我對妳是深具信心的。從妳母親的來信中我也深知妳正在竭力的努力，爸爸的我聽了固然甚感高興，然而我在此更要提醒我愛女注意的是：一定要珍惜自己的健康，不管成績的好壞，只要自己盡了力就行了，因為有時候運氣比用功更來得重要呢。我不希望我的女兒為了有好的成績而弄壞了自己的身体，這是我對妳殷切的希望和囑咐，希切實記住才好。

暑假期間想否到香港一遊？假使能得母親慈允伴而行的話，我想我和妳媽都不會反對的。其它妳和妹妹如有甚麼台灣買不到的東西而妳們想要的，儘可寫信告訴我，我當盡量替妳們辦到的。船上目前人少事多，我也抽不出太多的空閒與妳們聊聊，待有空時再詳談好嗎？願我親愛的妳

金榜題名。

考上妳自己理想想讀的學校。

父字

七六.四.廿七.

P.S. 媽媽在四月廿日星期二过生日，希妳們能代爸爸我祝賀她生日快樂。還慈是在四月廿四日过生日，我也在此祝她生日快樂。

DATE,

韻慈吾女：

真想不到在緊張的聯考前夕，我的女兒仍會抽空給我寫信，欣喜之餘，又有在此說声謝謝了，從妳的來信中知悉聯招予妳們的压力甚大，其實爸爸的我認為，只要妳們尽了自己的心力就好，而非一定要擠進某些的明星學校，說真的世上的偉人並非全部來自那些學府，先天的學養固然重要，然而致勝的秘訣仍在於後天的努力，不知妳這高才生以為然否。

媽媽的生日妳們姐妹三人皆能寄來孝思，實在難能可貴，也不枉妳母親養育妳們的一番苦心了，爸爸不在家的日子裡，希望生為長女的妳能多照顧媽媽一些，因為媽媽身為一個女人要裡外兼顧殊非易事，想想已慢慢茁壯的妳當該知曉的才是，從妳母親的來信中知悉妳已出落得如花似玉，爸爸聽了當然非常高興，更望我的女兒在日後的日子裡，對於交友益當格外謹慎才好。

三年的國中生涯帶給妳無許的辛勞，考試完畢後希望妳放棄所有的煩憂，先痛痛快快的輕鬆一下，我希望我希妳母的女兒們個個都有個愉快的童年，歡樂的少年期，這是做父母的僅能提供給妳們的，希望在父母的羽翼之下，妳們度着的歡樂些吧？另外關於考基隆女中及考榮商職之事，我亦並不反對，但我希望妳辛苦些能夠做個通車生較好，因為外埠那兒山地人多，入夜後又比較偏僻不太適合於妳，希妳能考慮一下才好。

祝

考試順利 早報佳音

父字 76.6.26.

親愛的風
你可不可以不要呼嚕嚕的吹阿
我聽見我父親的聲音了
他在叫我阿
他在叫我

韻慈吾女

你千萬別把他的聲音
吹散了
吹遠了

他的聲音是那麼的溫柔
我好怕忘記

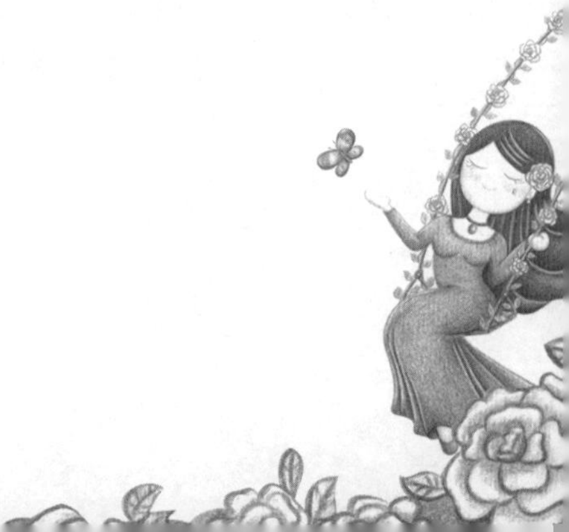

6. 悼外公

生命
必有其意義
死亡
必有其歸地

每個人都知道再富再貴總有一天都要踏上這歸程
我真的不知道闔上眼的人是否知道我們為他留下的眼淚有多多
我只知道
心中的不捨會讓我
斷了腸
碎了心
失了魂

親愛的阿公：
送走了您心裡的感覺是百感交集……
披麻帶孝跟在靈車後面緩緩走向火葬場
知道
這是送您的最後一程
這段不算短的路程
走起來卻感覺太短暫
多希望能陪您走更遠的路
我和妹妹都忍不住痛哭失聲
不想也讓您捨不下我們
可是
實在難掩心裏的悲痛

跪著送您去火化
深深的對您叩首
這是我和妹妹對您最後的敬意了
看到火化後的骨灰……
我感嘆人生
我感嘆人生是如此的短暫
我感嘆忙忙碌碌一生還是得進入「小房子」裡住

知道您歷經第二次世界大戰
退伍下來是那麼的節儉度日子
連出遠門拜訪老朋友身上還帶著自己做的饅頭和水壺
襯衫、西裝褲、背心內衣穿破了還捨不得丟掉
縫了又縫、補了又補
對於我們
您總是擔心我們錢不夠用

拼命偷塞錢
我們不捨您生前那樣的節儉
燒了無數的金銀財寶和衣物
希望您一路上衣食無缺
雖然這樣做難彌補您生前沒享過福
但是我們做晚輩的也只能在您身後盡這樣的心意了

阿公……匆匆的送走您實在是情非得已
剛好遇到農曆七月
這期間做七，民間傳說燒給您的金銀財寶會讓好兄弟搶走
趕在農曆七月份前將所有的七都做完
盡早的讓您入塔爲安

安慈跪在您的骨灰前久久不起淚如雨下
逸慈早已將淚水哭乾

我總是將我最脆弱的一面隱藏起來
自己偷偷的傷心

選擇了將您和爸爸放在同一間寺廟裡
是因爲知道您與阿嬤無兒無女
以後不想您沒人祭拜淪落要與孤魂野鬼爭食
放在一起，以後我們都會交代自己的兒女連您一起祭拜
放心
我們不會讓您孤獨
所有的事情我們都想得很遠

送您進塔的這天剛剛好也是父親節
我特意的買了水果、金銀財寶祭拜我父親
告知他阿公已享盡天年~與他一起作伴
要父親好好的照顧您

我們也就心安多了
阿公啊……一想起您還是淚流不止
忍著悲痛奉上這篇文
是對您的懷念
是我紀錄下「當年」送走您的心情
哪一天等輪我百年歸老時
看著這篇文
甜甜蜜蜜的去陪您和父親

後記

阿公九十四歲高齡辭世算是喜事。我們一家人的感情都很深，阿公對於毫無親血源關係的我們更是疼愛有加。記得小時候只要我說隔壁鄰居小朋友欺負我，阿公就會操著外省口音罵人，還拿著棍子要去揍人了。我只要不乖被媽媽打，阿公就在旁邊一直掉淚。

我和妹妹最愛拿著小板凳坐在他身邊聽他說打仗時的故事。

聽他說，爲了躲老虎，在水溝裡過了不知道幾天昏天暗地喝水溝水止飢的日子。

聽他說，有神明出巡，半夜裡居然被天兵遮住眼睛的超神奇故事。

阿公，我們很懷念您，阿公，我們很想您，好想再抱抱您，好想再陪您打幾圈麻將。好想回到小時候，我依然是那個最得人疼又最常被打的小女孩。

阿公，您收到我們燒給您的金銀財寶了嗎?現在您出門有轎車、有司機，在大別墅裡有金童玉女伺候您。別再省了，過過好日子吧……唉……。

7. 我的孤單

結婚證書這一紙協定，到底能給雙方些什麼呢？兩個人的距離如果是遙遠的，這一紙協定是否是一種束縛或是某種約定？

第一次感到如此的無助。

目送老爺拉著行李箱出遠門的背影，這背影突然讓我感到陌生了起來。他是多麼的雀躍阿！這個男人是每晚睡在我身旁的那個男人嗎？怎麼可能……怎麼可能……要離開妻兒的他……我居然在他的眼裡看不到任何的不捨。他的眼裡……不只眼裡……全身上下的細胞都散發著那種不可言喻的開心、雀躍又興奮的氣息。而我呢……？獨自坐在窗戶前不自覺的微微顫抖，想著……在樓上呼呼大睡的兩個兒子。小乖讀大班，小威連才剛過一歲的生日。我到底該有多堅強才能獨自守護這個家，守護相隔兩地的婚姻。我不知道，老爺此行去大陸工作是否會爲我倆的婚姻埋下再也無法回頭的種子？

寂寞和孤單是不一樣的。我跟自己說：「我不會寂寞，因爲我有兩個可愛的兒子陪伴我」但是……我很孤單。這種孤單的感覺一直啃蝕著我的心。再堅強我都只不過是一個女人阿！一個……一直假裝自己是堅強的女人。我甚至……甚至已經搞不清楚我是真的堅強，或者，只是像刺蝟般的豎起全身的刺……想要僞裝成我是堅強的。

老爺前腳才出門我後腳就跟著感冒了。好無助……我是這個家最沒有資格倒下去的人。要照顧兩個幼兒又有處理不完的公事，我不能崩潰，我一定要負起爲人妻爲人母的責任。常常……每分每秒都這樣說服自己。有沒有哭……我很想，但是我連哭的時間都沒有。是不是悲哀中的悲哀……？

堅強的人似乎也注定了骨子裡有倔強的骨髓。我很倔強，倔強到我再傷心、再難過，都只有躲起來哭，從來不在老爺面前掉淚。如果，我在老爺面前掉淚大哭，那一定會讓他嚇壞了；如果，我堅強的世界垮台了，那這個家也不再是家了……。

終於，我堅強的世界是會垮的。終於，再倔強的我也是會放聲大哭的。接到老爺從內地打來的電話，我跟他說：「我好想你」。第一次……我開口跟他說：「我好想你」還是放聲大哭的說。好多個夜裡，我需要一個強壯的臂彎抱著我，好多個夜裡，我身體不舒服需要有個安全的懷裡讓我鑽，你在哪裡？我崩潰了……我再也撐不下去了……我

再也不想是堅強的我。我好想…好想回到從前……是不是可以回到你愛我比較多的那段日子裡……？

男人跟女人是兩種截然不同的動物，思考的邏輯和行爲模式都大異其趣。是我太在乎或是另一方太不在乎，還是……「愛」並不是一種不會變的化學物質。當兩個人在一起時會有愛的火花，分開時，即使你想要助燃愛的火苗都很難……。老爺會急……他當然是在乎的；只是，他的在乎不是我想要的，不是一個人妻想要的……。我看到他寫給我的 E-mail 後，當下卻有一種哭笑不得的感覺。E-mail 的主旨是「給我的最愛」。看到「給我的最愛」我大聲哭了。內容當然也是安撫我的情緒。他告訴我，他很愛很愛我，讓他安安心心的打拚個幾年。信的後面居然加註了我部落格應該要怎樣寫，在網站回答會員的問題寫的不夠仔細認真。一條一條的列出我的「罪狀」。唉……擦擦眼淚嘆了口氣，算了……算了……我安慰著自己。

我的堅強是母親很難想像的。每天都會跟母親通電話，我細數一天忙碌的細節給她聽。母親總說著：「我光是聽妳說我就快忙死了，做網路的生意能有多忙阿，我就不相信。」我要母親來幫幫我，她總是嫌路途遙遠加上年紀大了眼睛不好，自己坐車來過會害怕。後來還是二妹想念兩個寶貝外甥才開車帶著母親同來小住個幾天。二妹實在不敢相信眼前這個小黑人兒會是她的小寶貝——小威連。你能想像一個小娃兒身上的衣服溼答答的都是口水，只穿著尿片，兩隻腳黑漆漆的；吸著奶嘴，嘴巴旁邊……應該說整身都是黑的，就像隻墨魚似的。我娘也大叫起來：「妳也幫幫忙，要不要死阿！小可愛被妳弄成這樣，可憐噢……」說完我娘和二妹就換了衣服捲起袖子打掃去。我也趕緊將小威連拖進浴室裡洗刷一番。後來我覺得可憐的不是小威連，是我娘和二妹。她們來就是要負責幫我打掃，一樓到三樓打掃起來真是會折騰死人的。本來，我娘來是要多幫幫我，好讓我能輕鬆一點。真是沒想到她老人家比我還有事業心；一大早她老人家抱著小威連睡得香甜，我準時八點起床弄小乖上學去，只要我一起床就沒得睡回籠覺了。想偷偷爬上床補眠總被她老人家用腳這麼一踢說：「妳好起來了，別睡了。妳睡有什麼用，等一下還不都是客人打電話來要訂貨的電話，爬來爬去的吵到孩子」這…這是發生什麼事情了阿?我娘不相信我在電話中跟她說我有多忙碌。現在可好，她相信了。

每次母親來陪我，我們都有說不完的話。每次她回去……我就又好像是個拿了糖又被搶走的孩子。最終……我還是要孤單又堅強的負起所有的責任。

三個月回來相聚，這時間不算短也不算長。盼阿盼的……總是盼得來的。我用倒數日子的方式來鼓舞我自己。每天都用孤單的心情想念遠在他鄉的愛人。每天拿剩下

的力氣弄營養的餐點給兩個寶貝兒子吃，希望他們的爸爸回來時能看見白白胖胖可愛的兒子。只是我真的很不能確定……我到底在等誰？等到的那個人是否依舊有我想要的懷抱……是否依舊能給我有溫度的唇……？

盼到了老爺回來的日子。

等到了一個……一個……我好陌生的人。這擁抱好僵硬，這唇好冰、好冷。我找不到屬於我的溫度。盼到了一個每天只會倒頭大睡的……陌生人。我知道……我知道你很累；遇上了上海幾十年來罕見的大風雪，我爲你擔心，勸你不一定要回來過年，等到大風雪過後再回來團聚就好。你跟我說……你捨不得我孤單的過年，一定要回來陪我和孩子。其實我懂……我當然懂，我和孩子在你心目中永遠都佔據著最重要的位置。但是……我又很難懂……很難懂爲什麼眼前的你是如此的陌生。或許，你冒著風雪在機場等了一天一夜的飛機累了吧！我又安慰著自己。三個月的等待只有七天的相聚，扣掉來回的時間，只有五天你能在我身邊給我溫暖和勇氣。我好傷心，我真的不懂，你怎能說怕吵到我和孩子堅持要獨自睡在樓上。一個晚上、兩個晚上、三個晚上……都等不到我想要的擁抱。我甚至感覺不到你是回來了，是在家裡面。看著你急忙的訂機票要回去內地。我更難懂了……這些日子你說的愛我、想我，難道都是欺騙你自己的謊言嗎？

沒有你的日子我好孤單……有你的日子我更孤單。

半夜裡我偷偷的哭……沒有聲音的哭。我問自己「妳到底還想要他怎樣對妳呢？」我真的好堅強，我告訴自己「要灑脫一點，不用留他，想留的留不住啊！」我很冷靜。我知道有什麼地方是不太對勁的，但又說不上來；好幾個晚上我上樓看著熟睡的他，我好想告訴他「你可不可以不要這樣讓我傷心啊！你知不知道這樣的冷漠會讓我想不開？」。在老爺此行去內地時我跟他說過：「如果……有一天，你不愛我了請先讓我知道，我會成全。因爲我希望你幸福。但是，我不能忍受我是那一個全世界最後才知道的女人，這樣叫做背叛。我會難過……一定會，真有這麼一天你要放了我。不然我一定會跟你同歸於盡，讓你永世不得安寧。」我是個敢愛敢恨的女人，說我是很極端的人也可以。

這是我第一次如此沮喪。這是我第一次感到自己是軟弱的。這是第一次讓我偷偷的爲愛痛哭。我在想「倔強」和「堅強」放在心理層面來說或許就是一種「自我保護」。因爲倔強，所以我不願意先拉下臉來協談。因爲堅強，所以我能忍受若有若無的關係。但是，脆弱的時候連一根羽毛也可以壓死我。「他是不是有外遇了？」我沒有問他……我問我自己。

三妹打了電話來問我：「姊夫回去了啊？妳還好嗎？」。回去了……好奇怪？什麼時候變成了「回去」。那這裡呢？這裡是哪裡？我哭的好慘……好慘……。

「老薑」也打了電話來：「妳何必牽腸掛肚的，自己要學會快樂一點。這種人不值得妳牽掛。我告訴妳從現在開始妳不准打電話給他。男人很賤，妳越是在乎，他就越不在乎。妳到底有沒有聽到我說的？」媽媽劈頭就是一頓訓示。我照做了。薑是老的辣，要聽老人言；這次，我沒有在第一時間打電話給老爺問他：「你到了嗎？自己一切都要小心阿！」。是不是老天爺垂憐我呢？他居然會自動打電話報平安。

接下來的日子我飽受煎熬。很想他……當然很想他。畢竟這個男人是我兩個兒子的爸爸，是「曾經」愛我如此深的男人。我是個專情的人，很多人都不相信。不相信的原因是……我的外表看起來不像。但我的確是啊！在這不明確的關係下，我依然心裡只有他。不用母親訓示我也知道自己的選擇。因爲我太倔強了，倔強到即使是他真有了外

遇我也絕不低頭與他協談。膽敢讓我做最後一個才知道的女人，我也絕對會毀了他的世界，毀了他所擁有的一切。

可笑的是……我又好清醒，清醒的知道我要做好一切準備，要保護我的兩個寶貝兒子。任何毀滅性的決定都不能傷到兒子的一根寒毛。

事情的發展真是出乎我的意料之外。男人是有著犯賤的天性還是怎樣啊？或是，良心自己會跑回來？我依舊很被動，不主動的與他連絡。這樣的關係似乎應該是越來越緊張了。但是，並沒有。老爺常常打電話回來關心我，還有了想要回來的打算。他的理由是「我身體不好怕我太累了，大兒子也要上小學了需要爸爸」。我心裡想著「這是天落紅雨還是天下金條了」。我沒答應，要他自己考慮清楚。我好不容易習慣了一個人帶著兩個兒子的生活，好不容易學會放下思念的痛苦。算算這半年一百八十個日子，我們只有相聚短短的五天。我學會了很多事情，包括了「不想念」。

收到從內地寄來的包裹，全是他的衣服。老爺跟我說他已經決定就是要回來。進了家門的他跟兒子又摟又親又抱的，我知道親情是很難斷的。尤其是……那麼有父愛的他。

老爺回來之後，冬天不再那麼的冷，我的床也不再荒涼的像是沒有邊疆。

夜裏，有人可以幫我暖暖腳，有個安全懷裡給我鑽。可是我心裡總是不踏實的，因爲我不知道這樣的幸福可以持續多久。持續到永遠或是只有到天亮。

如果你想問我……「他是不是真的有外遇？」。我……真的不知道；我也好想知道。他回來後一如往常。他的唇也有了溫度，他的懷裡一樣的厚實安全，似乎他對我的冷漠從來沒發生過。

變的是我。我變得好獨立，以工作爲生活的重心。他回來了，卻再也不是我心裡唯一的依靠。即使我很想……我都會跟自己說：「劉小姐，請妳自立自強，女人要有錢男人才不敢嫌，要爲自己的『不幸福』做準備」。妳說，難道不是嗎？妳想，哪天他的愛睡症和神經病又發作對妳不理不睬時，妳就可以大搖大擺的連件衣服都不帶，只帶著……一張卡，夠妳生活好久的提款卡出去找尋妳的春天。如果妳不需要春天就讓自己好好的過下去。誰要理家裡那個犯賤莫名奇妙令人傷透心的男人。

這樣……妳懂了嗎？妳懂爲什麼我要如此的努力豐富自己的生活嗎？我還是很難相信那個良心會突然跑回來的傢伙。相信我，男人也相信他們自己天生就有著「冷漠＋犯賤＋……」的性格。我要爲自己的「不幸福」做準備。就是希望自己要幸福啊！我的人生是我自己追求來的。

8. 給父親的一封信之二（寫于二〇〇九年四月三日）

親愛的爸爸：

對不起……那麼晚還吵您

二十一年了……

今晚的我又因爲思念……哭濕了枕頭

思念…… 多難熬阿

眼淚佔據了我的眼眶…… 滴在鍵盤上

連電腦螢幕上的字，都變的模糊

不停的擦拭眼淚，知道您會不捨

最近常受委曲的我……卻無人能訴苦

您懂吧?只有您才懂女兒的心思

知道我的委曲求全，都是捨不下我的摯愛

去看了您，很難得的一家子聚在一起
小威連今年是第一次去看您，他好可愛對不對
小乖，也長得好高噢
他們是我的驕傲，就如同我是您的驕傲一般
您知道的，不管多少年我們對您的愛絲毫都沒有減少過
只是多了份思念的煎熬

上海那個生你的娘走了~台灣這個育你長大的娘……也走了
好可怕……怎麼身邊的親人越來越少了
好害怕，這個世界如果只剩下我一個人該怎麼辦
我最怕孤單了
孤單足以讓我致命
我盡力了……我盡量讓自己是堅強的
偏偏骨子裡是空洞的
您可好了！在另一個世界裡可以跟爺爺、奶奶、大大相聚

那我們呢？
要等到何時我才能再讓您緊抱入懷……保護我
好想再聽聽您的聲音
好想再續我們的父女情緣

本想好好的、開心的跟您說說話……告訴您我很好
偏偏……一想到您……不爭氣的眼淚就會偷偷跑出來
好無奈……
好傷感……
沒錯……這是一條老天爺給的最公平的路
可是……不一樣……
我有多不甘心阿
不甘心，我那麼小就沒了父親
不甘心，我的兒子沒有這麼棒的外公可以抱抱
不甘心，我因爲父親意外早逝……受「人家」的欺負

不甘心，我的堅強換來人家冷潮熱諷
如果有您在……不會有這麼多的不甘心

我累了……
我的心好累……
很多事情的結果……早在我的預知之內
卻無力改變
一張白紙偏要讓人染上黑色
對自我要求甚高的我
很難接受
所有的努力只換來這些
就這些……

知道嗎？
我也會有不好的念頭

也希望不負責任的走……

捨不得……

捨不下……我的親親小寶貝……

這感覺……一定跟您一樣吧

我盡量撐住……盡量……

如果我真的撐不下去

您一定會張開雙臂迎接我吧

好想您……

請別擔心

我很好，我會讓自己很好。

9. 不祝我生日快樂（寫于二〇一一年九月十四日）

今天是我四十歲的生日
收到了N個祝福
收到了N個擁抱
收到了N個熱吻
收到了世界上最美麗的字字句句
夫人很感恩大家的陪伴
有你們的日子我是多麼的幸福阿

親愛的爸爸……

今天是我四十歲的生日……

我四十歲了耶

您是不是正笑笑摸著我的頭跟我說：

「妳永遠都是我的那個……最大的小心肝寶貝，怎麼可能一轉眼就四十歲了」

回憶起我十歲的生日，

您那年剛好在家，爲我辦了個小小的生日宴會。

我像個小公主似的……穿得美美的，開開心心的過我口中的「大生日」。

時間過得好快阿！

我四十歲了~但是我一點兒都不覺得時間在我的心裡烙下了歲月的痕跡，

因爲我有回憶陪伴我。

但是感傷卻讓我傷痕纍纍……

思念像是一把利刃在我的心上、身上……一刀刀的割著。

親愛的爸爸……

我好痛阿……您不捨得嗎？

人生多無常阿！

我是不是該今朝有酒今朝醉呢？

十歲的大生日有您的陪伴，

二十歲……

三十歲……

四十歲呢？

原諒我的任性，原諒放聲大哭的我……

生日是該快樂的嗎？

我發著呆……摸著心……痛著心想……

有您的陪伴我是小公主耶，當然快樂啊……

只可惜……您早已不在……

這麼多年，當我學會了愛自己、包容他人、用愛看這個世界……

當我明白了很多事情的時候，
卻失去了摯愛……
每次我在人生的路上摔了跤，多想能窩在您的懷裡撒嬌啊！
我永遠都是照片中的那個小女孩，
假裝著，我沒有長大……
假裝著，沒有失去你……
假裝著，沒有失去全世界……

今夜……我哭了整晚
我多希望能過個有您的生日，
能不能告訴我……爲什麼這麼簡單的願望都是奢求，
我很任性對不對？
因爲我沒有長大啊！
我的時空都停留在有您的日子裡，爲您保留著……
似乎沒有人能懂我，除了您……

如果當時我能留住您，也不會有今天的遺憾了……

親愛的爸爸……

不要祝我生日快樂，

我騙不了自己的心……我一點都不快樂啊！

好想好想好想……回到十歲的我、有您的生日……

我好愛您……

我好愛您……

我好愛您……

百千萬句的愛您也喚不回逝去……

我可以一直在過去的時空裡停留嗎？

只爲您停留……只爲您保持著那份純真的童心……

即使……我是孤單的

即使……我是傷心的

即使……我是寂寞的

即使……我是受傷的
我都能用單純的心去看待這有情的世界……無情的人心
您懂我的無奈，是嗎？

親愛的爸爸……
我很感恩您，
我的待人處世都有遵照著您的教導，
「勝不驕，敗不餒」，我永遠都知道要謙卑待人，
只可惜，我很難得到相同的對待，
這麼多年來我總是處在很受傷的狀態中，
我會躲起來，躲在有您的世界裡，
聽聽您的聲音……聞著您身上的味道……看著我跟您長得一模一樣的眼睛……
那是我最溫暖的依靠了。

多少年……

即使是一點點的回憶我都不放過，

一點、一滴的在腦海裡重溫著。

今晚……

我倆的距離一樣的遙遠……

今夜……

我不想哭……

請不要跟我說……祝我生日快樂……

請允許我許下我奢求的生日願望……

我別無所求，

只希望您能來摸摸我的頭，

親親我圓圓的臉，

跟我說，

您也好愛我……

我四十歲了……
依舊是在您懷裡哄著、摟著、牽著，親著的小女孩，
從沒有長大過……
從沒有長大過……
從沒有長大過……
從來都沒有……
請您抱抱我好嗎？

好愛您……
送給我最親愛的爸爸

不祝我生日快樂……
送給我自己

10. 心太軟

很多朋友給我下的評語是「刀子嘴，豆腐心」。這點，我非常感激母親的優良遺傳。她獨自挑起教育三個小孩的重責大任，這不是件輕鬆的工作。父親長年在外跑船，「檢視」著母親是否有把我們的禮儀教好，功課是否書寫整齊，對於人生的態度對不對……等等，都是他跑船回來最重要的功課。

母親是嚴母。

我蠻可憐的，在讀幼稚園前就被逼開始背誦九九乘法表，看不懂數字無法背誦，理所當然的就要從1、2、3、4……開始學起。母親很兇，耐心也有限；在教我的時候桌上都會擺支有著長柄的木頭梳子，那是打我用的。從「一」開始認數字，等「一」到「十」都會寫、會唸了之後，就要練習將數字「一」到「十」連續的背誦給她聽。

母親坐在我身旁教我唸書，通常開始的幾分鐘她都是和藹可親的，快要失去耐性時，臉上的表情就從和藹可親轉變成冷峻的雕像，信不信，我還能感覺到從她冷峻表情

裡「吹」出來的陣陣陰風。

我常常都覺得，我是被「嚇」笨的。母親要我從「一」唸到「十」，第一次我唸對了，母親說：「很好，再唸一次」臉上的表情相當嚴肅，我唯唯諾諾小小聲的唸，就這樣反覆的練習著；不過，也不知道我是怎麼了，越唸越糟糕；明明我就可以將「一」唸到「十」不出差錯，第二次也唸對了，第三次，第四次……我的腦袋漸漸生鏽打鐵去了，「一、二、五、三、六」小腦袋裡一團混亂。我越唸越小聲，因爲，母親將梳子用力在桌上拍打，越拍越大聲，每拍一下我的心就接受震撼教育一次。

被打也就算了，母親居然使出了你想都沒想過的招數「針扎手指」；只要唸錯一次，就用針扎我的手指一下，就這樣……我的十隻手指被扎的都是血。我當然嚇壞了，死命哭，哭得是呼天搶地的。這時候門鈴響了，或許是老天爺垂憐我吧！還是祖孫之間也有心電感應，爺爺居然因爲太想我，特地來看看我。爺爺一進門就聽到我大哭的聲音，衝到房間看我，我一見到救星來了，舉起我的小手，讓爺爺看看我的慘相。嘴裡淒厲哭喊著：「媽媽用針扎我」，你們應該可以想像才三歲的小女生心裡有多麼的驚恐吧！爺爺一見我手指頭都是血，大發脾氣的罵：「他媽媽的B，妳是這樣教小孩的阿？他媽媽的B，她才幾歲阿？妳真想得出來用針扎她，他媽媽的B……」就這樣，爺爺氣得回到客廳的沙發上坐著繼續大罵。我從來都沒有看過這麼生氣的爺爺，他氣到坐在發上喘氣，母親嚇得趕緊倒水給爺爺喝，他連看都不看一眼。

母親一直跟爺爺道歉著說：「爸！你不要氣了啦，走，我們去吃飯」，爺爺根本就不領情，就不停的罵著：「他媽媽的B，是這樣教小孩的……妳真想得出來……他媽媽的B……」。

後來這件事，就在家族裡傳開來，成爲……「奇談」。叔叔、嬸嬸們看到母親時，總不忘揶揄母親一番。雖然爺爺已經過世好幾年了，每次憶起此事，我耳邊彷彿都還能聽到當時爺爺心疼我大罵母親如雷的聲響。

後來，母親有改變她處罰的方式，換成「不給看卡通和罰跪」。每一次只要九九乘法表背錯了，我們自己就知道要去面對牆壁跪好；當時九九乘法表大多都是印製在墊板上，我就拿著墊板……跪著，面對著牆壁，一直到會背了才能起來。當然，是需要經過母親驗收的。如果遇到喜歡的卡通播放時間，就一把眼淚一把鼻涕的背著可恨的九九乘法表。對於小小孩來說，這也算是很殘酷的懲罰了。

你是不是很想問我，當時，恨不恨母親？現在回想起來這些「恐怖事件」，我的心裡還是只有感激。因爲父親長年在外，母親背負著教導我們的責任，其實她的心理壓力非常大。以前的社會不比現在，普遍的女孩子都沒有所謂的高學歷。母親沒有高學歷，

但，我的父親學問不錯，母親自然是望女成鳳。在當時的社會下，是公開允許體罰的，體罰是不是有所不當，並不是重點，更何況母親也把「棒棍之下出孝子」奉為金玉良言，所以愛的教育只能放在心裡深處。就是因為有母親這樣嚴厲又殘酷的教育方式，讓學齡前的我已經可以認得很多的字，遇上母親沒教過的生字，我也有辦法「有邊讀邊，沒邊讀中間」且字正腔圓的唸出來，比起當時跟我同年紀的小朋友，我算是很厲害的。這也奠定了我往後的基礎和學習的態度。

寫到這裡，我突然想起我自己對於兒子的教育態度大多是「放任式的引導」，捨不得打罵。這或許也是一種心理層面的「補償」；但是，我母親很不認同我的教育方式，一直到現在她還是認為「權威式」的教育比較能教出成功的孩子。她是不是對的呢？……

這些事件，看似我母親是個「狠心」的人，但，她的好心腸只有跟她相處過後才會知道。

我從小就很愛小動物，尤其愛狗。曾經跟母親說過：「我以後要買一間很大、很大的房子，在路上看到流浪狗就撿回家養」。

為了流浪狗，我不知哭過多少次。有一回，晚上母親要我去買麵包當早餐，母親交代著我購買的數量，要我別買錯了。買好了麵包，走在路上看見一隻全身都有皮膚病的流浪狗。手上提著香噴噴麵包的我，想著……「牠好可憐，皮膚這樣沒有人帶牠去看醫生一定快死了，牠應該好久沒吃東西了」。一邊走著、一邊想著、當然也一邊哭著，我從手上的袋子裡拿了一塊麵包丟給牠吃。回家後，媽媽當然也發現少了一塊麵包，我據實以告，母親懂得我的心軟，她也絕對不會小氣這一塊麵包。上高中時，爲了一隻常常窩在教室樓梯口的流浪狗，我半夜哭醒，母親問明原由後，貼心的母親從來不會因爲牠是隻流浪狗就隨便給牠點吃的，母親會幫我準備好乾淨的水，還有豐富的飯菜，讓我早上帶去學校餵牠吃，直到這隻流浪狗……不知去向。

我讓母親記憶最深刻的是——很小的時候，母親和親戚帶著眾家孩子們出遊。好熱的天，孩子們看到「叭噗」（一種冰淇淋）哪能耐得住啊！大家興高彩烈的排隊等著挑選自己喜歡的口味。就在輪到我時，母親問：「妳要吃哪一種口味？」，我搖搖頭，不說話。不教我寫1、2、3、4或是乘法九九表時的母親是溫柔的；她感到奇怪，怎麼愛吃冰的我居然不想買，母親溫柔的問：「妳怎麼不要呢?妳想吃哪一種媽媽買給妳吃阿！」。我也不知道這麼年幼的我是如何能這樣心思細膩的；我發現有兩個賣冰淇淋的攤位，我們都集中在其中的一個攤位排隊買冰淇淋。當下我看見了另一個老闆落寞的

眼神，心裡想著：「這個老闆好可憐，都沒有人跟她買冰淇淋，這樣她就沒有錢，那該怎麼辦呢？」，母親繼續問著：「這個好好吃耶！妳要哪一種啊？」，我的心裡真著急，但又不知道該如何表達我心裡的感覺，在母親的追問之下，竟然哭了起來。一夥人聽到我越哭越大聲，大家也納悶起來，怎麼要買冰淇淋給我還讓我哭了呢？母親繼續追問著：「唉呀！妳怎麼啦？幹麻哭呢？」，這時候，我伸出我的小手，比著隔壁那位賣冰淇淋的老闆，大哭著說：「那個老闆好可憐，都沒有人跟她買啦！」。大人們都愣住了，過了幾秒鐘之後大家才反應過來，大家七嘴八舌的說著：「噢！妳好乖啦！」「這個孩子這麼小就懂得心軟」，母親牽著我走向隔壁那個攤位，跟她買了冰淇淋給我。當然，老闆一直誇我好乖，還給了我好大一球冰淇淋。

我的心軟，就是像母親。記得，有一次在一個寒冷的冬夜裡，出外倒垃圾的母親回家匆匆忙忙的翻皮包拿出五百塊就往外衝；那時候我大概是小學三年級吧！我問母親：「妳要幹麻啊？」，母親是急性子的人，她回答：「等一下再說啦！」就轉頭往外衝。回來後，母親唸著：「我剛剛出去倒垃圾遇見一位阿婆，外面天寒地凍的，她只穿一件薄薄的衣服在撿垃圾，好可憐噢！我要阿婆等我一下，拿個五百塊給她，叫她不要撿垃圾了。外面太冷這樣會生病，要她趕快回家去！」。從此，每次母親出去倒垃圾身上都會帶著錢，只要遇到這阿婆就會送給她。直到阿婆不再出現……。

我每一次想到這件事情，真的打從心裡佩服母親。她就是有「人飢己飢，人溺己溺」的俠女性格。父親很會賺錢，母親是大方的貴婦，她不吝嗇錢財，只要有好吃的、好穿的，甚至貴重的珠寶都能送給自己的妹妹和母親。她身邊的朋友也都是受惠者。母親看似脾氣不好，其實她是性情中人。她對我們的教育不只是打罵而已，她能以身作則，潛移默化的給了我和兩個妹妹做最棒的典範。

我也陪著母親哭過好幾次，雖然當時年紀小，懵懂的我也能了解母親的心軟。有一次半夜在熟睡中的我聽見母親的啜泣聲，我輕手輕腳的走進母親的房裡一探究竟。我揉揉眼問母親：「媽媽，妳怎麼在哭啊？」這一問竟讓母親像孩子般的大哭起來了。母親邊哭邊說：「每次天快亮，我們家附近的鵝就一直叫，想到牠們都要被抓去殺掉，就覺得好可憐。」聽母親說著，又見她哭得那麼傷心，害我半夜也陪著她哭。但是，天一亮，母親還是得上菜市場給我們買雞、買鴨、買鵝、買豬肉的，就是爲了要給我們豐盛的一餐。

難怪母親常說：「做人好苦，做動物要給人吃也好苦。」不是嗎？除了苦之外，人生就是充滿矛盾與糾結的顯隱性結合。如果能跳脫其中就可以成仙了。

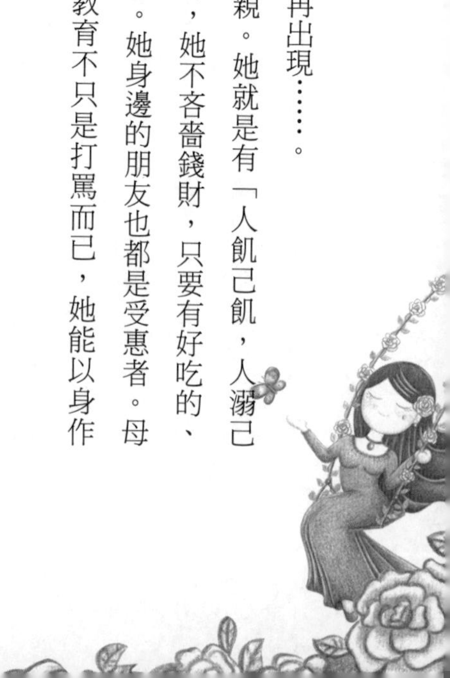

我想起我的第一次，第一次學煮湯，拿著排骨的手顫抖著……邊煮邊哭……，唉……。

心軟這件事，如果說是天生的，我比較認同是基因的遺傳。母親是相當嚴厲的嚴母，但是她的心像芙蓉豆腐，一碰即碎。她的心裡滿是柔情，是非常溫暖有情之人。感覺起來，或許覺得她有些極端，不過，她的嚴厲是經得起時間的考驗。我覺得，在我往後人生的路上，處理很多不開心的事情時，受母親的影響很深。我懂得要放情份給別人，我懂得做人要客氣，做任何事情之前都要考慮到對方的立場，不能一意孤行，懂得伸張正義，不畏強權，知道禮儀，裝扮要合宜等等……。如果真有來生，我還是希望能做母親的女兒，我非常感激母親的教導。即使在很多人的眼裡是不合理的，甚至……有點過火……。

父親已經過世那麼多年，每一次跟妹妹們聚在一起，難免會提到小時候的事。我們總是不經意輕輕的提起父親，然後，重重的放下。因爲，我們都看到了，表面上堅強快樂過日子的母親……拿著衛生紙假裝在擦臉，其實，她是在偷偷拭去眼角的淚……。

這就是我和妹妹最敬愛的母親。

11. 下油鍋

父親過世後，我們三姐妹最愛圍在母親身旁看看小時候的照片。我是最沒用的，一不小心就讓眼淚奪眶而出。我會回過頭或是假裝要上廁所，不著痕跡的拭乾眼淚。二妹總也小小聲的提醒我說：「姐，妳不要這樣……媽會傷心，我們要開開心心的」。二妹殊不知我早已看穿母親的強顏歡笑。能轉移母親注意力的，就是讓她說說我們小時候有

多可愛、有多可惡。特別是我，曾經讓她氣到想要把我「下油鍋」。

兩個妹妹都知道，不只爸爸偏心，連母親也很偏心。爸媽對我的疼愛總是多她們那麼「一點點」。其實，父親和母親對我特別的疼愛是有原因的，那是因爲我打從娘胎出世後身體就不好，還曾經因爲肺炎差點一命嗚呼。讓爹娘特別擔心的孩子總是會多了一份特別的關愛。我剛出生時，白天睡我的大頭覺，晚上才有精神來哭鬧。外婆和母親輪番上陣伺候我，外婆顧白天，母親顧晚上。最讓母親難忘的是，外婆會幫母親做好大餅；據母親說，那是一種用豬油和麵粉和在一起後再用油煎過的餅，特別硬，特別香，母親晚上就吃著大餅陪我玩到天亮。一個剛出生的娃兒把一家子都整慘了。

母親說我的壞還真不是普通的壞。

母親餵我喝母奶。以前的人沒那麼好命，哪有什麼電動擠奶器，都靠「人工」親自哺乳。沒有親自餵哺過嬰兒的媽咪們是很難想像小小的嬰兒……下顎是那麼有力。所以有很多初爲人母的媽咪很快就放棄親自哺乳，我就是其一。第一胎總是備受疼愛的，我日夜顛倒，母親也跟著我日夜顛倒親自哺乳。母親說我愛喝奶，一天要喝非常多次。就這樣，母親的乳頭被我吸出血來。據母親的描述當時她的乳頭都快斷了。這是女人很脆弱的器官哪堪得起這樣的折騰啊！父親跑船回來看到後萬般不捨，要母親別再親自哺乳了，給我改喝奶粉沖泡的牛奶就好。母親跟父親爭取了老半天還是想要親自哺乳，卻被父親罵了一頓。父親是喝洋墨水的，思想相當民主開放。他不認爲一定要喝母奶。雖然母親跟父親說這樣可以省下奶粉錢，而且她的奶水也多。但是父親怎樣都不依，就是捨不得母親每天這樣被我折磨。

母親嫁給會賺錢的父親甚是好命。

當時的年代大多數的家庭還是需要節儉才能度日。三餐能求溫飽就不錯了。母親在當時用的化妝品全都是舶來品，化妝台上滿滿的名牌保養品、香水和指甲油。一般家庭哪有所謂的飲料可以喝，母親喝的是父親過鹹水帶回來給她的雀巢咖啡。母親是非常海派大方的人，她的姐妹淘常常藉故來家裡看她，就是爲了要嚐嚐看咖啡是什麼樣子的洋味道。母親不只會請姐妹淘喝咖啡還會送香水給她們。喝咖啡、噴香水這在當時都是非常奢華的享受。母親的姐妹淘都羨慕極好命的她，嫁了個會賺錢的老公而且又帥又體

貼。

剛出生的我，當然被父親視爲掌上明珠，疼愛至極，更何況我的長相跟父親像是同一個模子印出來的。我與父親最像的地方是……眼睛。小時候的我三天一小病、五天一大病的折磨著母親的身體，折磨著遠在他鄉父親的心。我是爺爺口裡的「老鴨」。母親其實也是因爲我身子實在不好才堅持想餵母奶的。父親執意不肯後……就是跟我作戰的開始了。

嬰兒不好騙阿，相信我。什麼？好騙……你覺得好騙阿，那是因爲你沒遇到我這種，哈！

我的倔強是天生的，從小就看得出來。

母親心疼極了我不肯喝用奶粉沖泡的牛奶，外婆氣急敗壞對著聽不懂「人話」的我說：「不肯喝，我看妳要餓多久！」。父親與外婆將我和母親分開，就怕母親不忍心會一直親自哺乳下去。母親說我聰明極了，一個小娃兒居然這麼耐餓；只要將牛奶送到我口中我喝個幾口就不肯喝了，寧願餓。換成外婆晚上照顧我，母親捨不下會偷偷的到房門口看看我。我只要看到牆上是母親的影子會開心的笑，還會手足舞蹈激動的發出「阿嗚、阿嗚」的聲音。牆上的影子我都能認出是誰。外婆說她就不信一個小娃娃能這麼厲害，看影子就能認出是母親，外婆偷偷的躲在門外想試探我的反應如何？我是有反應的，不過這反應只是想要確認是不是能把我餵飽的娘。不是……我就沒有任何開心的反應。如果是我父親來偷偷看我，是他的影子我當然也沒任何反應，但，如果是母親的影子，我會開心的手舞足蹈的叫出聲音來，屢試不爽。連外婆都不可置信的說：「只是個娃娃這麼聰明」。當然，餓到最後我還是屈服了，我只是個娃兒不然還能怎麼辦？但就這一招……小小的娃兒很輕易的收服了母親的心。

如果，只是聰明那應該還好辦吧！如果加上倔強就是難搞了。

約莫三、四歲時，母親與姑姑……還有誰我不太記得了。大家吃完飯後說要去歌廳裡聽歌。大家說說而已，但是，聽在我這個娃兒耳裡那可是大事耶！「聽歌」多有趣啊！吃完飯後我追著母親問：「我們要去聽歌阿？」，「沒有啦，太晚要回家了。」母親說。這個回答我很不滿意，好吧……根本是氣極了。我既然得不到滿意的答案，

「本能」又告訴我一定要去成，於是……我就開始哭。從開始小小聲的啜泣到慢慢的放聲大哭，我都不滿意，我還要自己跑得遠遠的讓大家追。大家追得我滿頭大汗的，誰都拿我沒辦法。母親說：「就跟妳說下次再去，今天太晚了，妳再不乖我回家要好好的修理妳。」我怕了沒，沒。繼續大哭。母親又說：「妳好乖噢！妳看，旁邊好多人在看妳都在笑妳耶。妳喜歡吃什麼媽媽帶妳去買好不好？」，不好，當然不好，我就是要去聽歌。繼續哭，越哭越大聲，越跑越遠。大多數的媽媽都會用軟硬兼施的辦法，不過，大多也不管用。我自己也當了媽，也會軟硬兼施的對付兩個兒子。我兩個兒子是「青出於藍更勝於藍」，在他們老媽身上不管用更別說是用在他們身上了，真是報應啊！據母親說，她氣到剛好看到路邊有在賣「雙胞胎」（一種油炸麵粉的甜點小吃），她心裡想著：「真是有夠『高拐』（台語），乾脆丟進去油鍋裡炸一炸，看看妳能有多壞」。其實，我的心眼兒在小孩子身上算是很多的了。我哪那麼笨阿！自己還會給自己找台階下勒。邊哭邊跑的我也累了，心裡盤算著該怎樣跟媽媽「和好」。機會來了，我遇到警察叔叔。我假裝很驚恐的跑去母親身邊說：「我剛剛看到警察。」，母親問我：「那怎樣啊？」，我說：「他就問我小妹妹妳怎麼了？怎麼這麼晚自己在這裡？妳好可愛耶！」。我娘心真好她也給我台階下，她還是哄著我要我乖阿！等一下帶我去買零嘴兒。這是母親告訴我她最難忘我幹過的壞事兒。當然，這只是我使壞的一個小節而已。

每次只要說起我小時候的事，姨丈就很怨嘆。因爲他是做工的，中午會回家吃飯，只要我在睡覺他連吃飯都要小心的嚼，不能出一點聲音，做工回來累個半死的他連口大氣都不敢喘。喝水也得小心，如果嗆著了，把我吵醒那可是犯了家規會被逐出家門的。姨丈每次說到這段都憤憤不平。大家都把我當是「金子粉」，連呼吸都要小心翼翼，深怕把我給吹散了。這是當家中第一個孩子的幸福之處也是權利阿！

母親很疼我，但我也是被打得最多的那個小孩。倔強、愛哭、任性、高拐（台語）……對於脾氣也不是很好的母親來說，我沒被打死算是她手下有留情了。每次父親寫信回來都要拜託母親千萬別打他的心肝寶貝女兒。父親也知道我身子不好脾氣又拗，常常也被媽媽打的渾身是傷。在我記憶裡使壞最深刻的一次……居然是跟父親有關的事。

從小與父親聚少離多，一年多才能見父親一回。年幼的我，並不太懂得離別的難過是怎樣的心情，或是該如何表達。有一次送父親到機場，在機場裡我開心吃著很貴又難吃的機場餐，一點兒都沒有感到不對勁的地方。送父親上飛機回家後我居然有一種悶悶的感覺。我自己躲到房裡越想越不對勁，心裡越來越悶，悶到快爆炸……悶悶的哭了起

來。母親問：「妳怎麼啦？」這一問真是問到重點了。我突然覺醒我到底在悶什麼了。一下子我就哭的淅哩嘩啦說：「我要爸爸啦！」。我不太記得母親當下跟我說了些什麼，我只知道我撲倒在床上拚命哭拚命喊著：「我要爸爸啦！我好想他啦！」。母親回到她的房裡「隔空」安慰著我說：「妳乖啦！媽媽帶妳出去買東西啦！」我不依，繼續大哭。母親雖然脾氣不好也要忍受這種別離的傷心，但是，爲母則強，即使我任性的哭鬧，她還是要安慰我這個不懂人情世故的兔崽子。我繼續拚命哭喊，母親繼續「隔空」安慰我。當了娘之後，我自己最深刻的感受就是要奉行「耐心」的教條，唯一的信仰是「忍耐」；明明我娘自己也在房裡哭，但，還是要繼續利誘在亂鬧的我。母親大概說了幾十種「方案」，看電影、買餅乾、買糖果、買圖畫筆等等……。但，我什麼都不要，就只要……爸爸。二妹跟母親一起待在她房裡，二妹小我兩歲，可是她比我貼心多了；二妹也「隔空」對我放話說：「姊姊，妳不要再哭了，妳再哭媽媽也要哭了。」我不理，繼續哭。哭了多久我也不記得了。我只知道等我哭到過癮、鬧的夠了之後，還不忘跟母親要她剛剛答應要給我買的東西。這樣才能「真正」安慰我幼小受傷的心靈。

親愛的爸爸，您看，我從小就知道要爸爸、想爸爸。我好乖對不對？這麼乖的孩子怎能讓她下油鍋。您才捨不得呢！如果我娘真把我丟到油鍋裡炸，您一定會跳下去救我，對不對？

我答應您以後會乖，我答應您不要惹媽媽生氣，我答應您要哭也不要哭這麼久，我答應您要多吃菜菜不光吃肉，我答應您不咬指甲。您說什麼我都答應，但就一件事我怎樣都不點頭，就是……您要離開我們。

如果，我現在也這樣哭、這樣鬧……能不能喚回您呢？

12. 姐妹

在寫這篇文章時，我正逢流產的傷痛中，對於懷孕易流產的我而言，能有兩個兒子是經歷了多少不為人知的煎熬才有的幸福。為人母，不論是生兒生女，都是莫大的喜悅；我是滿足的，但是，我家老爺總盼著我能為他生一個「上輩子的情人」。

小乖今年十一歲，小威連今年七歲。剛得知自己又懷孕時，想到將要有一個白白胖胖又嫩嫩香香的小嬰兒抱在懷裡，可以重拾做母親的喜悅，當然是非常開心的。不過，又想到我的手疼痛得太厲害，經過一段時間的治療後只能稍稍穩定病情，但是，離痊癒的路是遙遙無期；如果，在懷孕期間因爲賀爾蒙的改變和嚴重的水腫讓手痛又復發，我不僅連自己的生活都無法自理，更別談需要做的治療了。我也問著老爺，如果需要吃藥和做類固醇的治療時……到底……是要孩子還是要我呢？看著不發一語的他，我知道，愛女兒成癡他的心裡也很煎熬。

我其實有考慮過「墮胎」這件事。自己安慰著自己，身子一向不好的我能生兩個兒子已經很了不起了，何必再給自己找碴；第一次去醫院檢查時，醫生給我照了超音波，但是看不到胎兒在子宮內，醫生要我再等等，過一個禮拜再去看看；在這一個禮拜的時間裡，可能是因爲太忙碌沒有好好的照顧自己，等我腰痠得厲害覺得有點不太對勁時……已經有出血的現象了。隔天，去醫院候診時，我坐也坐不住的在醫院的大廳裡來回踱步，心裡想著：「趁胎兒還小還是趕快拿掉好了，我的手又開始痛了，不吃藥無法止痛消炎，吃了藥就是害了孩子，不這樣決定實在是沒辦法啊！」。

是婦產科醫院，當然有很多挺著圓圓肚子的準媽媽。看著她們臉上幸福的神情，還有身邊小心翼翼呵護著的家人，聞著空氣中淡淡的麻油香……我輕輕撫摸著自己的肚子哭了起來。

生與不生之間都是難題，我知道自己的選擇還是會要孩子……。

輪我看診了，得到的卻是「劉小姐，子宮內還是看不到胎兒，這不太可能，而且妳在出血很有可能是流產了，但也不排除子宮外孕的可能，需要抽血檢查血液裡的懷孕指數」；當下，腦筋一片空白，「墮胎」這兩個字始終沒有說出口，也沒必要了。

在流產休養的這幾天裡，我收到了好多好多的關懷和愛，是你們的愛讓我勇敢的走出傷痛，不論是身體上或是心理上的……。

母親和兩個妹妹不斷的打電話關心我，知道我原本身子就不好，有點年紀了又流產更是雪上加霜。母親千叮嚀萬交代的要我好好補身子，兩個妹妹輪流打電話來跟我談天說地，也是希望能平撫我的情緒。掛了電話後，我有一種非常感恩的心情，感恩我的母親「爲我」多生了兩個妹妹，小時候讓我欺負，長大後扶持我的……妹妹。

母親是非常傳統的女性，跟喝洋墨水的父親觀念大不相同。我排行老大，家裡的第一個孩子總是備受寵愛的，無奈，我打從出娘胎後就老是在鬼門關外轉阿轉的，三天一小病、五天一大病的折騰母親。母親在懷二妹時害喜得很厲害，父親在船上，我又老生病；母親說我老是無故發燒又瀉肚子，爲了照顧我這個磨娘精，好幾次走到婦產科前想把妹妹拿掉。是外婆百般阻擾，才讓母親生了二妹。聽說，二妹生下來時長得不怎麼漂亮，常常皺著眉頭，愛哭又非常黏母親；母親說，都是因爲照顧我太累，懷二妹時沒有一天的好心情，才會讓剛出生的二妹「很醜」。或許，就是因爲這樣，給了二妹「堅忍耐勞」的性格。

母親始終認爲一定要有個兒子，懷三妹時去給產婆檢查；產婆信心滿滿的說一定是兒子。母親爲了能幫父親生個兒子還特地去廟裡「換花」；據說，如果懷的是女兒，可以拿紅花去廟裡換白花，這樣就可以將腹中的女娃娃換成男娃娃，母親照做了……。

生兒生女從來都是天注定，半點不由人。

產婆很生氣的與母親說：「我這個產台都是生兒子，就只有妳生了三個女兒，以後不要來我這裡生了。」，多傷人的話……。我現在想起來還是很忿忿不平。三妹出生後也是愛哭的娃兒，母親因爲又生了個女兒，常常跟自己生悶氣，不理會這個愛哭的女娃兒。不知道是不是因爲胎教的關係，三妹在母親腹中時，就被母親用懷男娃兒的心態對待，所以三妹有著了不得的「硬漢性格」。

我，從小身子不好備受保護和寵愛……讓我有了「惡霸」的性格。

小時候，我壞透了。我是家中的「霸王」，任何事情都是我說了算。零用錢豐厚的我，常常要兩個妹妹幫我跑腿買東西，誰乖乖聽話，我就會「打賞」；尤其是母親晚上去打牌不在家的夜晚，我不敢出門，就利用兩個可憐的妹妹幫我跑腿買買零食。我雖然很壞，但是，我可是非常大方的，不只會將買剩下的零錢打賞給妹妹，也會請他們吃。我是覺得……我也算是個不錯的姐姐吧！虐待他們之餘也不忘略施恩惠。不過，與兩個妹妹聊起小時候的事，每次一說起她們就很……恨。

小女生都愛芭比娃娃。在台灣才剛進口販賣芭比娃娃時，我就輪著跟母親和父親撒嬌給我買了好幾個；每天放學回家做完功課後，就將所有的芭比娃娃拿出來換換衣服，梳梳頭髮；一天，放學回家做完功課後，翻遍抽屜就是找不到我的「長髮芭比」，那可是我的最愛呢！我急著到處找，最後在二妹的床底下找到了。我非常生氣的去找她算帳，像發瘋似的破口大罵……還……揍了她。

不過，這次父親沒有站在我這國，把我帶到他房裡曉以大義，還……打了我的屁屁。我真是快要氣瘋了。母親對我的「惡霸行爲」也氣透了，她對我說：「妳有那麼多個芭比娃娃，借妹妹玩一下也不會怎樣，妳爸最疼妳，都把妳寵壞了。這輩子妳們能做姐妹，下輩子不一定行，有今生沒來世的，爲什麼妳這麼不珍惜手足之情呢？妳爸那麼疼妳，打妳，最痛的是他，去跟爸爸好好的道歉」；我走進房裡，看見……打了我屁屁的父親，居然……躲在房裡自己哭了起來。我輕聲說了：「爸爸，對不起，我以後不敢了」。語畢，我們父女倆抱在一起哭。

三妹認命多了，她其實不太敢惹我生氣，我脾氣很差，誰敢不聽我的話就會被我修理。每次，三妹在挨了我的揍之後，只能大哭。當然，我都是趁母親不在家的時候；一次，母親在附近鄰居家裡打牌，她交代我要顧好兩個妹妹，不能欺負妹妹，不然回家要打死我。聽話了沒……當然沒有；這不能怪我，我就是搞不懂她們幹麻老愛惹我生氣，我一氣之下……打了三妹……一巴掌；她非常能忍，沒有大哭，水汪汪的眼裡含著淚珠；二妹沒被我揍，我倆站在同一國，玩起辦家家酒來，根本不理會不聽話挨我揍的小妹妹；沒多久，三妹跟我要了兩塊錢說要去樓下買糖，這一下樓就是……一去不回。

「買顆糖怎麼那麼久？」我急壞了，帶著二妹去樓下找人；看不見可愛三妹的蹤影，我急死了。從小我就是鬼靈精，點子特別多；我跟二妹說「完蛋了，安慈不見了，

我們一定會被媽媽打死。她長得那麼可愛，萬一被壞人抓走就完了？」我突然有個想法，在家裡找了張能看清楚三妹的照片後，就下樓拿著照片……尋人。真是可憐噢……我和二妹一把眼淚一把鼻涕的，逢人逢店就將三妹的照片拿出來問：「我妹妹不見了，你（妳）有沒有看到照片裡的這個人？」；就這樣……尋人尋到近傍晚。

我跟二妹說：「沒辦法，天已經要黑了，還是去找媽媽，要媽媽趕快去報警」；這對「苦情花姊妹」舉步艱難的準備要去「受死」。按了門鈴，出來應門的居然是媽媽；我和二妹一見到母親哭得像似淚人兒，狂哭、大哭，連話都說不清楚了。我邊哭邊大聲喊著：「安慈不見了啦！」；奇怪的是……她居然掛著「笑臉」。這時，突然，看見三妹從母親的身旁鑽了出來。母親笑著說：「叫妳不要欺負妹妹，妳還打她，她不見了會怕吼！」；原來三妹騙我兩塊錢要去買糖，就是要去找媽媽告狀。這個可惡至極的小妹妹，騙了我那麼多的眼淚，還害我拿著她的照片到處尋人，至今想起……我還是恨得牙癢癢的。

手足之情，對於我這個惡霸姊姊來說，還是有的。欺負妹妹這件事，是我做家裡「老大」的權利。但是，如果有外人欺負妹妹時，即使是赴湯蹈火我都會爲妹妹挺身而出。

我的左臉有一道很深的疤痕，這可是大約在我4、5歲時留下的……光榮戰績，在那麼多年之後雖然已經淡掉了，但，還是隱隱約約可見。一次家庭聚會中，與堂哥、堂姊玩著遊戲，孩子嘛……難免吵吵架、搶搶玩具。二妹看見堂哥（堂哥跟我同年齡，大我幾個月）手上拿著棒球棍。二妹跟我說她想要玩，我手插著腰去找我堂哥要，他當然不肯給。才大我一歲的堂姐居然站出來要保護她弟弟的玩具，還凶巴巴的，怎樣都不肯借給我二妹玩。剛該始，我用拜託的，要不著，就乾脆用……搶的。這一搶……我堂姊冷不防的用指甲往我的左臉抓下去，鮮血直流。不用說，我娘哭的比我還慘。她深怕我的「美貌」會破了相（哈哈）。爺爺看見我娘這樣大哭大叫又拼命跳腳，他也急死了。大家一定是罵了堂姊一頓，無奈……她也只不過是個孩子啊！似乎當「老大」的，在潛意識裡都懂要保護弟妹，這就是天生自然的「親情」。每次聊到這件事，我總會指著我臉上的疤痕跟我二妹討個順水人情說：「妳看看，我對妳多好。爲了保護妳還跟人家打架」（其實是被打）。

在我認爲，「親情」該是人生裡最寶貴的資源，任你取用，從不求回報。

長大後，我們陸續離巢，多了爲人妻、爲人母的角色。各自有各自的角色要扮演，各自有各自的家庭要照顧，尤其是我，遠嫁台中，要能常與在台北的妹妹們聚在一起更

是難上加難了。雖然身處之地有距離，但是我們的心沒有距離；常常通電話，寒暑假也盡量找時間讓彼此的孩子一起出遊渡假聯繫親情。

我兩個可憐的妹妹，並沒有因爲「長大」這件事而脫離了我的魔掌。她們不但是我精神上的支柱，還是我的「金主」。孩子要買玩具，找阿姨。孩子要度假，找阿姨。出國孩子需要人照顧，找阿姨。只要我們回娘家相聚，兩個兒子就是妹妹和母親的，她們要負責餵飯、帶出去玩、擦屁屁、買禮物；而我這個「惡霸」回娘家，只需要動動嘴負責吃母親煮的好料，爽得很。在我作生意資金週轉不靈時，兩個妹妹還要當我的提款機。想起來……她們也真「命苦」。

僅以此篇文章獻給我兩個可憐的妹妹。記錄下眾多被我欺負事件中的一小片段。如同我母親的教誨，這輩子能當姐妹，下輩子不一定能。既然，有今生沒來世的；兩位妹妹註定要在今生完成被我折磨的功課，那，我也就……不客氣了。

13. 給爸爸的一封信之三（寫于二〇一〇年四月五日）

親愛的爸爸
整理著您和媽媽從前拍的照片
我告訴我自己……絕不掉眼淚
我騙不了自己的心……還是那麼的想您、愛您
深怕滴下的淚弄花已泛黃陳舊的照片
此景依舊，人事全非
二十二年了……真的好漫長噢

我常在想，每次我遇到了危險和困難總是有那麼一點點的幸運能躲過
一定都是您在旁邊保護我吧
不想打擾您的安寧，希望您能躲過輪迴
但是自私的我又好希望您能在我身邊常伴……不想要您離開我

媽媽對您的思念更深……更深
我們失去了一位好爸爸
對於媽媽而言她是失去了人生的愛侶……老時的伴
如果我們能在聊天中聊到過往的您而不掉淚……
那都是用思念去填這個……傷心的無底洞

今天是清明……媽媽和妹妹早已先去祭拜過您
原諒我……一直有事走不開
您體貼的女婿知道我的傷心，輕撫我的頭說……一定會帶我回去看看您
您好嗎？
……在另一個國度的您……過的好嗎？
我想……一定不好
因爲您也一樣極度的思念我們吧！
我好愛您噢！

親愛的爸爸……爸爸……爸爸……可不可以讓我多喊幾聲阿
我不想再傷心了的……二十二年了……
可是要停止傷心不就是要我停止思念嗎？
想起您的體貼……就像現在老爺對我的體貼一樣
想起您的疼愛……就像現在老爺對我的疼愛一樣
如果思念能化作蝴蝶翩翩飛舞……
我寧可眼裡看到的是……思念的美麗而不是……哀愁
我不要停止思念……我不要停止傷心
那是我僅存的……僅有的寶貝……

只想讓您知道，二十二年了……我們沒有變過
一樣的思念您，一樣的愛您
謝謝您的疼愛與栽培
無奈……子欲養而親不在
無奈……

無奈……
痛心疾首……就是這種感覺吧
多希望能承歡您的膝下
要孫子逗您開心

小威連看到我哭了……問
媽媽妳流鼻涕阿……妳感冒了噢
呵呵！多可愛的童言童語
孩子啊……你永遠不懂媽媽心裡的痛
你永遠看不見媽媽心裡插著一把刀
一直在淌血……

滴答、滴答的聲音
只有我自己聽得見……

親愛的風請你聽我說
我只是一片雲
天空當然是我唯一的家
我從來沒有改變我的定點
到處漂泊的是
我的心

14. 我們不是一家人

我想很多事情只有自己親身經歷過你才會懂這種痛吧！

真沒想到二十幾年來沒聽見過你的聲音了，接起電話聽見那一聲：「喂」，我就知道是你，親情使然吧，我想。

二十幾年了……我從沒接到你一通關心妹妹的電話，就問問：「你們很過得可好？」，就這樣簡單的問候有那麼難嗎？二十幾年來你們的沉默就能撇清這血濃於水的關係嗎？是怕我們過得不好會向你們借錢嗎？還是你……惜字如金呢？

血濃於水……

我笑了笑。你懂這四個字的涵意嗎?虧你飽讀詩書還讀到國外去，我想可能是外國字看多了，忘了老祖宗的交代。我很感嘆，你呢?這世間不只人情淡薄，連親情也只不過如此而已啊!

你去香港很難得的找表哥出來喝喝茶。這位唯一有資格當我哥哥的表哥。其實我們的關係應該是比表哥更親密的。你沒忘記吧!我們同姓「劉」。可笑的是，你居然不知道我的電話，還要千里迢迢的打電話去香港問表哥。我想你一定是鼓足了勇氣。當然啦「生、老、病、死」乃人生大事，你會在乎也是人之常情。

掛了電話後的我哭了。我不愛哭，倔強的我更不能在我拒絕你的時候哭出聲來。但更多的是，生氣的情緒大於悲傷。我想掛了電話後的你一定也很氣吧!這麼多年來，你們的沉默不就代表了你們的冷漠嗎?又或許每一個人對於「血濃於水」的認定不同，所以才選擇冷漠。既然選擇了冷漠你又何必要在乎，我搖了搖頭……。我更不懂的是——我們在你們心目中的地位只有資格接「白帖」沒有資格接「紅帖」嗎?

電話中的你……我感覺不出來二十幾年不見又聯絡上的「愛」。我很傷感，你說了大大去世的消息其實我並不太過於驚訝。人生自古誰無死，只怨英雄死得早。大大很值得了吧！能在家人身邊安詳的走，享盡天年，我是羨慕著你們的。我的父親，你的二叔叔走得如此意外，他沒有親人在身邊撫摸著他的頭、握著他的手要他放心一路好走，沒有溫暖的床送他上黃泉路……只有冰冷的海水。這些痛，即使在你們歷經喪父之痛後還是無法以同理心相待的。

請你想想……好嗎？你家辦喜事通知了香港表哥卻沒通知我們，爲什麼我們沒有資格開開心心的去喝喜酒，只有資格去參加令人傷心的喪禮。這一切的對待是合理的嗎？你是小輩，照禮數來說應當是你母親打電話去跟我母親報喪的，你一個小輩打電話給我，跟我要地址就爲了要寄訃聞，還要我轉告我母親大大去世的消息，多不孝。我當然轉告了我的母親……你的二嬸嬸悲憤的說：「知道是最後一面了，卻沒通知我們，連一句一路好走都沒來得及說……要我們去看一具冷冰冰的屍體有什麼意義？」。母親啜泣著，我以無言陪伴母親在電話裡的眼淚。

我的心糾結著，所有的思緒都進了死胡同裡轉不出來。我想著，當你跟表哥說我們沒有去參加大大的喪禮時……臉上的表情。我想著，當表哥回你爲什麼只寄白帖不寄喜帖給我們時……你的心情……是否也糾結著？

該拿什麼覆蓋過去呢？……就用冷漠吧！

謝謝你們曾經帶給我們的回憶，無論是快樂的或是令人心傷的……留下的絕對不會只有淚痕。

我祝福大大在另一個旅途上好走，與我父親能續兄弟緣，而我們呢？我想，我們要再相遇則是綿綿無盡期。如果有一天我們在千山萬水的人海裡相遇，請你錯過我。你用你的冷漠換來了我的灑脫。

畫家—杜淑玲

15. 分家產

如果，把談戀愛的過程形容成是一種修行；那，走到最後能步入紅毯結爲連理，是不是能形容成是「修成正果」呢？那，如果一場戀愛走到了最後，不能步入紅毯結爲連理，是不是能說成是……「種下了苦果」呢？

「戀愛」這件事情，是人生中另一個階段的開始。你甚至會發現，另一個很不一樣的自己。也有些人會很沉醉在其中那種……折磨的滋味。我之所以用沉醉來形容，是因爲……我很難理解爲什麼總是有人無法從苦果中解脫，對愛那麼的執著，我家老爺就是其中的一個……。後來我懂了，這麼多的執著代表了曾經對愛的付出。

愛一個人真的好難。就如，很多人會問：「情爲何物，直叫人生死相許」。愛到情濃深處時，與任何眼前的「障礙物」擦身而過，隨時都可能觸發一場燎原的火。

我與老爺的戀愛真是一場驚天動地的故事，什麼亂七八糟電視才看得到的情節都會發生。老天爺真的待我很好，給了我一個愛我比較多的男人。很幸運嗎？嗯……我想，我是很幸運的那個幸福的女人。

婚前將近十年的戀愛，讓週遭的親朋好友爲我們著急。走到哪，都有人問：「你們怎麼還不結婚？」。

這個問題的難度就如同打死了的結。我在教中國結設計時，曾經遇過一位在感情上出了問題的學生；我在上課時，意有所指的說：「線打了死結，絕對不能用力拉扯，死結只會越扯越緊，應該要溫柔地用『鬆』的方式輕輕解開」。語畢，我示範了一次，還走到她身邊輕聲的問：「妳懂我的意思嗎？」，她點點頭。

兩個相愛的人，到最後能不能在一起？能不能共同築起愛巢？能不能有愛的結晶？取決於兩個人是否都做了「對」的事。

很多人視我爲「完美的女神」，以爲我有自己的事業，有一個非常疼愛我的老公，有兩個帥帥的兒子；殊不知這些「表面上的光榮」是用多少的寂寞和無奈的眼淚換來的。

十年的戀愛，當然不可能沒有爭吵。但是，如果每一次的爭吵都是因爲「想要結婚，卻不能結婚」，就會陷入了無法脫身的深淵裡。我是個性灑脫的人，尤其是對於感情這一方面；人世間，太多的事情來來往往，太多的愛恨糾結反反覆覆。並非，我不珍惜眼前這個愛我比較多的男人，而是……如果我不肯放手，那將會是一個愛恨交錯的迷陣。

我開口了，即使是那麼的難。但是，人心是肉做的，終有會疲憊的一天。對於，我又提出了分手的話，十年來已經是第N次了；這個深愛我的男人是絕不接受的。試想，如果談一段感情要弄到對方的母親離家出走，到處遊說兒子的朋友一定要他放棄這段感情。而，我的錯，就是在錯在我的母親沒有生兒子，一切舊有的傳統、不成文的觀念，在我這個從小受民主教育的人聽來，簡直是外太空掉下來的事件。再相愛，如果家庭背景差太多，只會造成兩家的嫌隙，還沒變親家就已先成了仇家。

他被母親責備，偏偏找了個犯家中禁忌的女人回來；我怪他，你明知道你母親的禁忌，偏偏要……愛上我。天意如此，命運半點不由人。這樣子的愛，讓我卻步難進。

我一字一艱難的說出了我堅持要分手的那一刻，他的眼眸裡盡是難過的淚水。我要他別難過，也千萬別難爲了家裡的老人家，畢竟你是人家的兒子，如果要爲了我搞成這個樣子，誰都不會快樂的。他頭也不回的跟我說：「我會自己想辦法處理好」。

如果，月老早已爲我倆牽起了紅線；如果，前世真是今世的傳說，那也就註定了今世情緣；任誰也剪不斷，任誰也解不開，任誰也無法……不認了。

多年之後，一次，我與大嫂的閒聊當中，得知了一件讓我感動一生的事情。

大嫂說：「妳不知到他有多過份，一回到家就跟爸、媽說一定要跟妳結婚，爸跟媽不肯，他像抓狂似的順手就將我女兒的娃娃車摔在地上。隔天，他還留了一封信在桌上，意思是……要爸和媽不要拿分家產的事威脅他，妳是他選擇的，他不會後悔，他寧可要娶妳也不要分家產……。」

很慶幸，我跟他都做了對的事。我……懂得退，他……懂得進……。

很慶幸，這份愛，在老爺的執著和呵護下，我成了他的家後，是他的家產，我和兒子都是……。

16. 夢中的婚禮

「孩子生下來之後交給我妳就可以走了」
「為什麼」
「沒有為什麼，我只要孩子不需要妳」
「你怎能這樣對我」
「不用再說了反正孩子生下來是我的，妳走吧」
我用近乎歇斯底里的聲音叫著：
「我告訴你……你休想，我得不到孩子你也別想得到」
「你別想……你別想……我要跟孩子同歸於盡」
我哭喊著往頂樓狂奔
正要往下縱身一跳時
看見

樓下正在辦婚禮
帥氣的新郎溫柔的牽著美麗新娘的手
親戚朋友圍在一旁給予深深的祝福
看著樓下喜氣洋洋的婚禮
我心裡好恨
淚如雨下的無語問蒼天
為什麼
為什麼我不能有一個這樣子的婚禮
我早已哭到不能自已
撫摸著腹中才三個多月大的胎兒
從這惡夢中醒來
淚水浸濕了枕頭

每個女孩在要成長爲一個女人的過程當中都會有一種共同的遊戲——扮家家酒。相信妳也一定玩過吧！每個女孩都會找自己心目中的白馬王子要當他的新娘一起玩，有趣的是演著演著還會演到帶著大寶、二寶、三寶出去玩的情形呢！我想妳一定也幻想過自己穿上婚紗美麗的模樣吧！雙頰擦上幸福害羞的腮紅，在音樂響起時挽著父親的手臂步入紅毯，將妳的幸福交到另一個男人的手上，與妳的白馬王子生幾個胖娃娃，從此過著只羨鴛鴦不羨仙的生活。

「扮家家酒」我當然玩過，我也幻想過我要當個最美麗的新娘，穿著低胸裸背的嫁紗上面有著嬌艷玫瑰的刺繡，多麼高貴優雅大方。頭戴著用白玫瑰編織的花冠，垂下的頭紗遮住我幸福嬌羞的臉龐。挽著父親的手，一步一步慢慢的步入灑滿玫瑰花瓣的紅毯，將我的幸福交到白馬王子的手上。我拿著香檳一一的向賓客道謝接受他們的祝福，進了洞房享受最甜蜜的二人世界，生了娃娃之後抱著回娘家、婆家給老人家玩玩。我不知道這結婚的過程你們是否都沒有遺憾的走過，本來，婚禮應該是一輩子最美好的回憶，但「婚禮」對我而言卻是那麼的不堪回首……。

第一次跟著老爺回他家拜訪父母親時我就重重的被砍了一刀，他母親有意無意的向我打聽我家裡的情形。比如：有幾個兄弟姐妹、父母是否健在等等……，我當然知道這是「正常」的程序，令我意想不到是後續的發展竟然是「自取其辱」。

本以爲這樣的身家調查是「沒問題」的，隔天一早就被叫起床，因爲老爺的叔叔有話要跟我說。老爺鎮定的跟我說了個大概後要我「好好」的應答，我聽著老爺跟我

說他們兩老一叔要找我相談的內容後，我摀著臉蹲在地上。老爺以爲我在哭，還溫柔的安慰著我。其實……我在大笑，我笑說：「阿！怎麼有這麼好笑的事啊！」。進了客廳看見兩老一叔正經八百的坐著，我心裡也緊張了起來。叔叔開口了：「妳們家沒有兒子阿？」，我答：「是阿，我們家只有三個女兒我排行老大」。情況是有點慘的，叔叔「委婉」的跟我說著台灣人傳統的規矩，如果女方家沒有兒子，依照傳統是與夫家生了兒子要一個給娘家「抽豬母稅」；意思是，如果生一個兒子要跟娘家姓；但是，夫家也要傳宗接代阿！那該怎麼辦？那不就保證一定要能生兩個兒子才行。聽到的當下，我何只傻眼，簡直是太不可思議了吧！都什麼年代了還有這種思想。我解釋著我家沒這個傳統不必擔心。

事情當然沒這麼好解決。兩老一叔七嘴八舌的說著一定要這樣做，不然我父親沒有個男孩來傳宗接代以後誰祭拜呢？我笑著說：「不用擔心，我父親有很多兄弟，也有生兒子的，姓劉的還很多人阿！況且父親過世後也入了廟，哪有一定要兒子祭拜的問題，我家姐妹感情很好大家都會拜」。公公和婆婆是非常傳統的人，我是在都市長大又受民主式教育的女孩兒，兩方的觀念南轅北轍，這下……真是有嘴、有理都說不清了。兩老一叔堅持著要我們分手，這樣家裡沒兒子的媳婦他們是不會要的；我不能說是他們的錯，家家有本難念的經。奇怪的是，我們家沒有要「抽豬母稅」，我又還沒懷孕怎知道我生不出兒子。老爺在當下是一直反駁著他們的，但畢竟是人家的兒子，我也希望以和爲貴，反倒我也勸老爺說：「我們就……分手吧！」兩老要跟祖宗交代那也是人之常情，分手並不難阿！因爲……老爺愛我比較多，我知道他對我很深情，也怕他用情越來越深。說完後，我就要收拾一下回家了。這個可憐蟲居然抱著我哭了起來……。

我看著深情的他心裡也是有難過的，但是，我希望爲了能圓滿而退出這場無解的戰爭。老爺不放我走，他要帶我……離他家出走……唉！分手是分不成了，兩老心裡清楚的很，不過他們自然也有「對付」我的辦法。

兩老找了老爺的朋友拜託他們遊說老爺跟我分開，找我說是沒用的，因爲他們兒子太愛我，問題不出在我身上啊！不知道人緣好這件事有沒有錯，我人緣很好，老爺的朋友也都很喜歡我，反倒是他們倒過來要兩老不要這麼思想封閉，這些事都沒什麼大不了的。兩位老人家氣壞了，兒子因爲我不肯回家，要回家一定要帶著我，我又何嘗不是夾心餅乾呢？

回他家的日子是不好過的，大家都討厭我，討厭我的理由就是我家沒兒子，然後給我冠上一些莫須有的罪名，這樣才能大大的討閥我。幾年過去了，情況也從沒好轉過。兩老又從親戚下手要大家幫忙遊說讓我們分開，我不是一個討人厭的人，感謝父母給

了我一張不讓人討厭的臉，親戚反倒過來要說服兩老不要這麼古板，就這樣一天拖過一天。

娘家的母親開始擔心了，這樣下去女兒的青春豈不是要斷送在這個思想封閉古板的家庭裡了嗎？阿嬤也開始擔心了，帶著我去找「無字天書」算命。你相信算命嗎？這位算無字天書的老先生看到我卜的數字後翻了翻本子嘆了一口氣說：「小姐，妳是問婚姻，那我就依書直說噢！這卦像是妳還要等很久耶，這很久不是三年五年噢，有得等了……妳要繼續等嗎？自己要考慮清楚。」。哈！不該靈驗的時候又很靈驗了，這一等就是十年……。

這十年當中我們過著半同居的日子，我也懷孕過兩次，告知兩老後的答案都是……「還有很多問題要解決」……就沒了下文。不知道老天爺是不是要給我們更多的考驗，兩次的懷孕都以流產收場，才沒能奉子成婚。當然，我也沒想過要以懷孕作爲手段達到結婚的目的，我不是個遵奉傳統的人，也覺得既然老爺對我那麼的深情，也不肯放手，那就這樣過下去吧！直到……有一天我發現自己的味覺變了……。老爺也變了……，他不准我買衣服嘴裡還嚷著說：「妳真是可憐，妳連自己懷孕了也不知道嗎？」我看著這個「瘋」男人說：「你發什麼神經啊！想當爸爸想瘋了啊！」。豈知接下來要瘋的人是……我。

味覺變了，是懷孕的前兆之一，我發現食物的味道跟我之前吃的味道都不一樣了，有些味道還會讓我突然想吐。不過，我是沒想到「懷孕」這件事。在月事該來的當天，我一早六點多就被突如其來劇烈的疼痛給痛醒了，摸著自己脹痛的胸部，奇怪著這從來沒有過的感覺，想到老爺跟我說我懷孕了的話，我安慰著自己千萬不要自己嚇自己啊！想著，晚一點「好朋友」應該就會來了。回頭繼續睡了一覺醒來後更是不舒服。下午老爺剛好約了朋友出去，我趁機去藥房買了「驗孕棒」想說驗一下也好這樣比較安心，這一驗……真是讓我心驚膽跳的，我真的……懷孕了。心裡暗暗的下了決定……我不要。打電話跟媽媽說了這個「事實」之後，母親哭了起來。她要我一定得生下來，如果他們家不要我們自己養。當然我也打了電話「報告」老爺這不知道算不算是好消息的消息，電話那頭的老爺開心極了，我的心卻很沉重……。一點都沒有要爲人母的喜悅。

我跟老爺說了我的想法，這麼多年過去了你們家還是無法接受我，不接受的理由是稀奇古怪，我覺得就這樣過下去就好，不一定要結婚、不一定要有孩子。我心裡太明白，如果我們說要結婚會有什麼樣的「後果」，我只會爲自己換來一次又一次的侮辱而已。我執意要拿掉孩子，老爺不肯，他直說他會對我負責任的。我心裡好笑，如果你真有本事對我負責任，就不必這一等就是十年。

本來懷孕生子是女人最大的驕傲和幸福，發生在我身上卻是一連串的傷心。十年了，這十年裡談過多少次結婚的話題，嚴重到老爺的父親打電給我要我別再談結婚的事，等到他兒子三十歲時一定會讓我們結婚。等到三十歲了……兩老都沒有任何的反應，我也不提。老爺三十一歲了……更別想到得到任何的回應，我也不想問。不過娘家可是有話要說，母親勸我如果他連自己的婚事都不能做主就算了，女人的青春有限，要如何無限無期的等下去。我心早死也提了分手。但是，換來的是一個男人深情的眼淚。就這樣又拖下去直到我……懷孕。

我每天吵要把孩子拿掉，趁著老爺不注意時，自己偷偷的去婦產科，想要結束這小生命。一次又一次的爭吵，一次又一次的被抓回來，我也累了。抱著一顆一定會被羞辱的心，跟老爺回家報告兩老。一進門，他大嫂看了我一眼說：「韻慈，妳是不是懷孕了？」我笑笑的答：「是」。上了樓兩老已經正襟危坐的在等我們開口了。

我的內心真是無助，不知道爲什麼這個那麼想要孩子的男人始終是閉著口的。我是直性子的人乾脆就先開口吧！「知道你們不讓我們結婚，我們準備自己辦結婚，不過還是要跟你們說一下」我面無表情的說著；婆婆不說話，公公開口問：「那妳阿嬤沒生兒子，妳阿公、阿嬤死了誰要拜？妳媽也沒生兒子以後她死了誰要拜？」哈……多刻薄的話題阿！我忍著一肚子的氣回答：「以後他們都會進廟裡不用擔心。」就這樣空氣突然凝結了起來。過了半晌公公又開口問，好妙，又重複了剛剛的問題，我也重複再答一次。

就這樣一直重複同樣的問題四次。第五次……要孩子的男人開口了：「人家說的很清楚了，你們是要問幾次？」。我實在沒了輒只好「據實以報」，開口說：「本來結婚這件事是不用再提的了，不過我懷孕了，爲了要給孩子一個名份才又再提的。」。一旁沉默好久的婆婆也終於開口說話了：「妳不要老是用懷孕來騙人！」，這句話惹惱了我……我的手重重的在桌子上一拍說：「我什麼時候跟妳說過我懷孕！」，婆婆不說話了。

我們偷偷的籌辦著婚禮，親戚知道了這件事，大家勸說兩老，就讓我們結婚吧！公公和婆婆的「傳統觀念」是非常少有的；老兩解不開的點還是「我阿公、阿嬤死了誰拜?我媽死了誰拜？」。娘家媽媽是很風趣的人，我跟母親說了之後她的反應是，既然他們那麼愛拜就讓他們拜好了，哈。雖然母親嘴上這樣說其實她的心裡說有多難過就有多難過。

老爺的朋友跟他說：「人家跟了你那麼多年，給人家一個婚禮是一定要的」。腹中的胎兒越來越大了，婚禮是要儘早進行的。當時我們的經濟狀況不是很好能省就省。母

親跟我說她什麼都不要求，只要求一定要做喜餅，那是出嫁的女兒要祭拜祖先用的。看著我盡量省錢籌辦婚禮母親好傷心，但是，她更怕我傷心啊！拉著我的手跟我說：「沒關係，不一定要有大鑽戒才會有幸福，妳看那麼多明星有大鑽戒到後來還不是都離婚了，只要老公真的疼妳、愛妳比有大鑽戒更重要」，說著……說著……掩面哭泣的是母親。

去喜餅店裡看喜餅，遇上的大多也是要辦婚禮的新人，看見人家有父母陪同，挑著喜氣洋洋的喜餅……，我忍住心酸的眼淚。婚紗照我也沒有拍，才懷孕三個多月，大著肚子的我已經變了形，看著自己大大的肚皮，哪有心情拍美美的婚紗照，況且拍下來也要好幾萬塊，安慰著自己等生完孩子恢復了身材有錢再來拍。那婚紗該怎麼辦呢？在婚紗店裡租也不便宜阿！剛好妹妹的大嫂有間小小的二手婚紗店，於是我爲了省錢去買了幾件「還能看」的禮服。連白紗裡的蓬蓬鋼圈都是大嫂送我的，她也是女人，怎會不了解女人家的心事，另外再做了一頂頭紗送我。化妝就自己來這樣也可以省點錢，只有頭髮去美髮店弄了一下。看了日子，訂了餐廳，就這樣草草的給自己一個婚禮做「交代」。在婚禮上老爺是最失態的，喝到醉得不醒人事，還嚷著他以後還要補辦一個很棒的婚禮。

草草的辦完婚禮後，母親臉上盡是憐惜的表情，我要她別難過；我說，以後老爺一定會補償我的。母親是過來人，心裡清楚的很，男人的甜言蜜語下了床之後都不算數，更何況老爺是在醉個稀巴爛的時候說的。母親是對的……她要我別傻了，別妄想男人會實現這個諾言，因爲當事情過後……雲淡風輕……誰也提不上勁了……。結婚後十年過去，兒子也生了兩個，我永遠得不到這補償，他沒了那個心，我也沒了那個意。

我喜歡參加婚禮，當悠揚的樂聲奏起「結婚進行曲」時，我也享受著這美妙的樂聲。當新郎、新娘步入紅毯時，我會用力的行著注視禮，深深的給予祝福。我用力大口大口吸著這婚禮空氣中飄揚著的幸福。眼眶常常也泛著補償的淚。

我會給我自己一個婚禮，在佈滿玫瑰花的拱門下穿著低胸裸背有著玫瑰刺繡的白紗禮服，戴著白玫瑰花串起的花冠，垂下的頭紗有著嬌羞幸福的臉龐，挽著父親強壯的手臂將我的幸福交給另一個會一輩子疼愛我的男人，與我的白馬王子緩緩步入鋪著玫瑰花瓣的紅毯，聽著屬於婚禮的樂聲，在大家的祝福中完成終身大事。這婚禮什麼時候會辦呢?……永遠也不會辦了……因爲少了父親強壯的手臂挽著我，將我的幸福交給另一個男人。

這夢中的婚禮，只能永遠深藏在我的心裡……沒有遺憾……。

親愛的風請你聽我說
請你轉告我的父親
要他別為我沒有一個幸福的婚禮而傷心
沒有了他
我的幸福永遠不會是一個圓
沒有了他
即使有一萬朵玫瑰的婚禮我也不想要
沒有了你
就沒有強壯的手臂挽著我
步入禮堂
永遠都有遺憾

17. 幸福的戒

你覺得婚姻的價值在哪裡？你認爲造就一段幸福婚姻的條件是什麼？是不是有一場浪漫的婚禮就可以幸福一輩子；又或者，有一顆閃耀著璀璨光芒的大鑽戒就可以情比石堅直到天荒地老呢？每次看見有名媛女星嫁入豪門，報紙上盡是在評比著鑽戒的大小與價值時，我都會想……曾經，在我手指上閃耀著璀璨幸福光芒的鑽戒現在流落何處，是否，現在也套在另一個幸福的手指上繼續閃耀著璀璨的光芒直到天荒地老……。

曾經我有過一顆最美的大鑽戒，它「大」與「美」的價值是在於另一半給我的承諾，他承諾會愛我一輩子、寵愛我一生。我不知道，這是否是造就幸福婚姻應該有的條件；是否，幸福就是誰愛誰比較深，無論在生活當中有任何難關都不會……各自分飛呢？

我沒有一場浪漫的婚禮，也沒有一顆價值不斐的鑽戒，我當然知道浪漫的婚禮和閃亮亮的大鑽戒不是幸福的保證，更不是鞏固婚姻的條件。我相信老天爺的安排，我相信，我有資格有一個能緊握著我的手與我深情與共渡過一生的……伴。

與老爺還在談戀愛時，他的大哥要結婚了。那時公公出了個「難題」給我，要我一起去看顆鑽戒。我打電話跟媽媽說了此事，母親要我千萬不能收。我當然懂收了鑽戒的意義，只是不懂……兩老極力反對我倆的婚事又何必這樣「挖苦」我。大嫂要上班不方便去，於是交代我替她選顆漂亮的鑽戒還有「重重」的金飾。隔天，我心慌慌的跟老爺說：「我幫大嫂選就好，我媽有說要我不能收鑽戒。」，老爺失望的看著我說：「難道……妳不想嫁給我？」。唉……你說……這能要嗎？我沒辜負大嫂的期望挑了顆一克拉的美鑽和沉甸甸的金飾，讓他們歡天喜地的辦婚禮。

跟老爺戀愛了十年等不到一場婚禮，沒想到要奉子成婚時，還是不能得到兩老的祝福。老爺當然知道我心裡的落寞和傷心，他承諾我，雖然經濟狀況不甚寬裕，沒有辦法給我一顆璀璨的大鑽戒，但是一定會給我一顆屬於我的鑽戒。找了做珠寶的朋友挑了顆半顆拉的鑽戒，算是他給我的承諾。看著套在我手指上的鑽戒，我心裡是滿滿的幸福。媽媽老笑說我是她的傻女兒，這麼的容易滿足，我笑而不答；我懂，我要的不是鑽戒，而是想要一個有名有份有孩子的婚姻而已。但是，我想母女是心靈相通的，母親一定懂我心裡的痛。

創業之初真的很辛苦，縱然我有夢想，縱然我胸懷大志，還是敵不過資金週轉不靈的窘境；在一切就緒後我沒有週轉金，連柴米油鹽醬醋茶都有了困難，看著嗷嗷待哺的兒子……我好慌，偏偏肚子裡又有了另一個生命，一個不在我預期中出現的小生命。我從來都不敢開口跟好姐妹求救，這是我的「硬漢性格」。但是，又怎能硬得過沒錢過日子這檔事兒呢？老爺笑說我們還有些金飾先拿去變賣吧！那可是我父親留下來的手尾（台語）母親傳承給大女兒的紀念品啊！我很「肯定」的跟老爺說：「不行，那是我母親留下要給我的怎麼可以賣，我警告你不可以拿去賣」。

我看著這顆有著幸福承諾的鑽戒閃耀著的光芒是那麼的美，捨不下還是要捨下啊！我開口跟老爺說：「孩子不能沒有飯吃，先拿去賣了吧！」。

其實我心裡是很痛的，痛的不是要賣了這顆鑽戒；而是……老爺心裡早也有了這打算……。他給的承諾和幸福，終究也要在他的手裡結束掉。拔下這顆鑲著幸福承諾的戒，我暗暗的留了好多淚；但是，我知道如果我不捨下這幸福的承諾，那孩子該怎麼辦？這是我當母親的責任……我是那麼的愛他們，甚過這顆冷冰的鑽戒。

我開了保險箱想看看是否還有什麼東西是可以變買的。發現……父親那條金鍊子不見了，老爺承認他早賣掉了，我哭了……心裡好恨，恨他不懂這條金鍊子對我的意義有多麼的深，這條金鍊子在我心目中的價值超過變賣掉的千萬倍阿！他不懂得傳承的意義

是什麼！我的眼淚代替了言語上的責罰，老爺知錯也沒用了……他永遠無法替我找回我心裡的重量和幸福的承諾。

一開始跟銀行貸款用來創業的資金早已用之殆盡，不懂經營網路行銷，卻選擇了網路行銷的我讓自己陷入了絕境。開了網站半年都沒有訂單，生活還是要過，跟銀行借的貸款還是要還，這點錢又能用多久呢？趕忙向娘家求救，母親哭著說，有多捨不得我這個讓他們捧在手掌心中從小吃好的用好的寶貝女兒。媽媽、兩個妹妹、外公、外婆趕緊伸出援手寄了好多孩子吃的用的，也給我匯了現金。

這，畢竟無法解決後續的問題阿！其實老爺家境不錯，有個會賺錢又疼愛他的爸爸，老爺就是不敢跟公公求救害苦了我和孩子，我硬著頭皮跟公公說了這窘境，公公偷偷的去銀行提款被大伯發現了。大伯也是疼愛弟弟的，哪能見到自己的弟弟和侄兒連飯都沒得吃呢？馬上匯了兩百萬給我們解決銀行貸款和生活上的問題，這恩情……我沒齒難忘。

漸漸的「璀璨花園」上了軌道，經濟也改善了，我常常想起在我心目中無價的金鍊子和我那顆鑲著幸福承諾的鑽戒。即使，現在的我都可以將這些用金錢買回來，但是那條金鍊子已經沒有了當初的重量，鑽戒也沒有鑲著當初幸福的承諾，閃耀的光芒也絕對沒有當初的那顆璀璨。

親愛的，你知道嗎？我失去的太多了，這一切都不是用金錢可以彌補給我的，如果我是個重物質的女人當初就不會這樣嫁給你。親愛的，你知道嗎？我最大的希望是有一天你能帶著一顆鑲著幸福承諾的大鑽戒套在我的手指上，跪著跟我說：「請妳嫁給我，我會愛妳一輩子」。

你欠我一個婚禮，我可以「不追究」。我心裡最在意的是……你欠我一個求婚。是我應得的……我有資格要……。

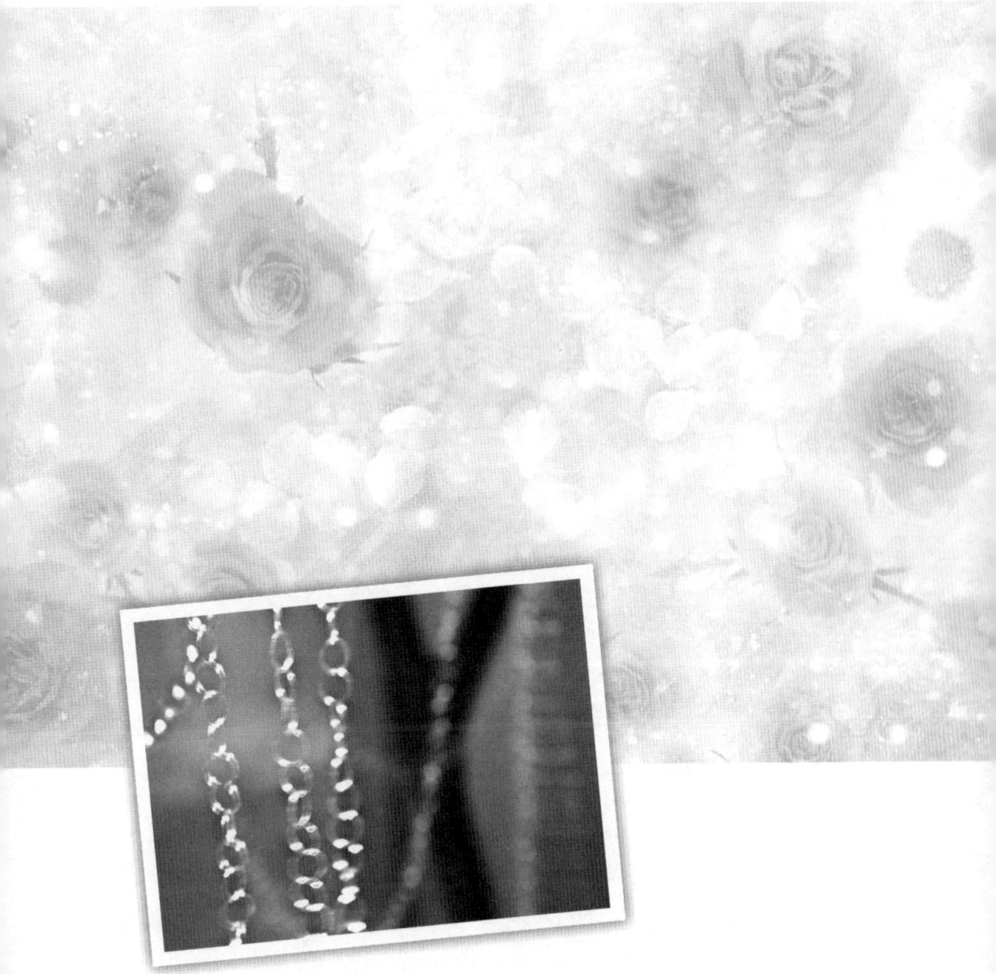

18. 護花使者

「女兒是爸爸上輩子的情人」這句話我是很肯定的。我真的很肯定我是我父親上輩子的情人。算命先生說老爺上輩子是個和尚。我想了想跟老爺說：「你真可憐，上輩子連個情人都沒有，所以我們生不出女兒來。不過……這也表示你是個很盡忠職守的和尚，沒有偷情。」哈！

「我以後長大要生很多個兒子」小時候的我很天真的跟母親說；我是個極度沒安全感的人。我排行老大，底下兩個妹妹加上母親還有養的小狗、小鳥……全是母的耶！我雖然不會辨別烏龜的性別，可是我打從內心裡也很肯定連家裡養的烏龜也是母的。母親問：「生那麼多個兒子幹麻？那就一天到晚打架好了。」母親說完後還哈哈大笑。「我以前小時候也想說我以後只要生三個兒子就好，我最怕家裡東西壞掉了，尤其是水電。有兒子就好了，要他們修去。」母親也跟我說著她小時候的願望。外婆只有生我母親和阿姨兩個女兒。我娘也是排行老大，沒想到她跟我一樣那麼的沒有安全感。不過老天爺給了她三個女兒，而她的三個女兒都膝下無女。

在剛得知我懷孕時，老爺開心的說：「我跟妳說噢，如果是女兒，把屎把尿我都會

幫妳。如果是兒子妳就自己弄」。也難怪，女兒是爸爸上輩子的情人嘛！能確定胎兒性別的那天，老爺急忙的自己先換好衣服就趕我出門做產檢去。「你急個屁阿！」我說。「阿不是說今天就可以知道是男是女嗎？」老爺答。我心裡不是滋味的想著人家都是要兒子就你想要女兒，我又不是包生婆。

正所謂「幾家歡喜幾家愁」。得知腹中的胎兒是壯丁後，老爺失望極了。我娘開心極了。而我呢？正在受害喜之苦。

老爺是極有父愛的好爸爸，能當他的兒女是非常幸運和幸福的。我看著他懷裡抱著四千六百公克的小壯丁，我知道……他一定會淪陷在初爲人父的喜悅裡。是兒是女都不重要了。跟朋友出去吃飯時小乖一定是他抱著，邊吃飯邊親懷裡的小乖。每個朋友都看不下去了，笑說：「欸！拜託一下不要這麼噁心一直親你兒子好不好，我們都當過爸爸也沒像你這樣」。深夜裡，他聽見娃兒的哭聲會直直的像殭屍似的從床上跳起來。到了該餵奶的時間，他會坐在床邊生氣，氣我娘跟他搶餵奶，剝奪了他初爲人父的權利和樂趣。

第一個娃兒是男孩。老爺不死心一定要再來一個。他一心一意的堅持要生一個屬於他的……上輩子的情人，就這樣，我在得知懷孕又是男孩兒時不敢說。上了車我一直想該怎樣讓老爺知道呢？我撥了手機給我娘說：「媽，我去做產檢了，妳猜是男生還是女生？」。「又是兒子阿！」我娘叫著。「是啊！又是兒子啊！怎麼辦？」我故意大聲的說。「那也沒辦法了，兒子就兒子吧！妳妹還盼著妳這胎是女兒呢！」我娘繼續說。老爺一句話都不說繼續開他的車。有沒有因爲第二胎又是兒子他就對我不好呢？那當然是不可能的，量他也沒那個狗膽。他依舊是那個疼愛我又愛兒子的好老公。小威連的出生也讓小乖開心極了。

看著，每天一睜開眼就開始從床上打到床下，然後又從床下打到客廳，再從客廳打到樓下，然後又從樓下打回樓上的兩個「戰士」。我搖搖頭的跟老爺說：『這兩個是我上輩子的情人，這輩子冤家路窄聚在一塊兒一定會打架的。』。我挺樂的，哈哈！

兒子真的很會保護媽咪。小乖第一次保護我竟然是「護奶」。那時候小乖才兩歲多，一天早上起來我與他在浴室裡一起刷牙，我習慣穿著清涼性感睡覺；因爲小乖還小我也就沒有特別想這件事兒。刷著刷著，小乖口吐白沫的說（因爲嘴裡有牙膏）：『媽媽妳衣服要穿好，奶奶不能讓別人看到。』他的小手順勢就把我滑落的細肩帶拉起來。原來我刷牙刷到「曬奶」了都不自覺。這小子居然知道媽媽的奶不能讓別人看見。哈！我好驚訝。心裡有一種兒子長大了會保護媽媽的成就感。多喜悅啊！當然我也就「盡

量」的穿著不會滑落的細肩帶睡覺。怕會給兒子留下他娘很愛「曬奶」的印象。

小威連人小志氣大。這勇氣也不知道打哪兒來的。三歲左右時，一天小乖惹老爺生氣。我家老爺走進廚房裝作要拿「傢伙」修理人。小威連看傻了呆站著不敢動。「誰不乖我就打誰，你媽媽不乖也一起打。」老爺嘻皮笑臉的說。小乖根本就不怕。老爺一走進廚房小威連的反應好大啊！他一邊走近我一邊悄悄輕聲的安慰我說：「妳不要怕，如果爸拔打妳我會保護妳。」。噢！我的小心肝啊！我大笑出來喊著：「欸！你兒子說如果你打我他要保護我啦！我都不知道他被打的時候能不能保護他自己噢！」。我真的是笑翻了。一個那麼小的娃兒居然懂得「媽媽被打我要保護她」。我的小情人、我的小戰士。

我立志要嫁個猛男保護我。嫁給老爺當然也看在他是猛男的份上。我最愛窩在老爺厚實的胸肌上睡覺，還要上下其手的磨蹭磨蹭，這樣會讓我很心安。有了兒子之後我變心了，我非要摸著兒子才能心安的睡覺。兩個兒子都有很可愛的舉動噢；有時候我真累了會忘了在小乖的小腳上摸摸。小乖那時候還小不會說話，他會將被子踢開把小腳舉高高的，手比著腳嘴裡還發出「嗯嗯」的聲音。我笑了，原來我的大寶貝沒有我摸摸小腳睡不著；小威連是眾所皆知的戀母狂，他根本就用「霸佔」的方式佔有我。老爺也愛摟著我睡，有了兒子之後他所有的福利都沒了。我因爲工作的關係常常很晚睡，早上老爺是捨不得吵醒我的；他會體貼的將午餐做好，然後上樓進房掀開我的棉被享受片刻溫存。根本就來就不及「怎樣」，就聽到小威連急忙上樓的腳步聲，到了房門口小威連就會大喊：「混蛋，你幹麻摸我媽麻，她是我的心肝寶貝耶！」話才說完，小威連一定跳上床用踢的把老爺踢下床。老爺常常拜託小威連靠邊睡：「你睡裡面好不好，我想抱媽媽睡覺耶！」。「不行，她是我的心肝寶貝。」小威連說。「拜託啦，你不是喜歡涼涼的嗎？靠牆壁睡比較涼，你看這裡好涼噢！讓我抱媽媽睡啦！」老爺不死心連哄帶騙的說。「不要啦，吼！你好噁心耶！」小威連把我抱緊緊的說。我樂死了，原來被兩個男人搶的感覺這麼好。不過我也很佩服老爺的毅力。他總是等小威連睡著後讓他靠邊睡去。我們總以爲孩子會睡的很熟。錯、大錯特錯，小威連就是知道他的心肝寶貝被另一個男人搶著睡去。老爺也因此常常挨小威連的如來神掌和無影腳。

沒辦法，我也沒辦法。誰叫你上輩子沒有情人。不過我還是很謝謝你，沒你的幫忙我哪兒來這兩個小情人。等哪一天你兒子移情別戀去當別的女人的護花使者時，我會回心轉意僱用你當我的護花使者。你……你是我的老公，也是我一輩子的情人……我的頭號情人。

19. 給父親的一封信之四（寫于二〇一一年三月三十日）

親愛的爸爸：

我的腳又去開刀了，請別擔心，我很好，再痛我都承受得起……

媽媽和妹妹都去墳上看過您了，請原諒我的不便於行

等我好些會趕在您女婿要出國之前去看看您

沒去幫您擦擦照片心裡總是不太舒坦

安慈說了，今年要幫您把墳上重新整理，就是怕裂開來的縫隙會進水讓您冷著了

這次要來個大整理，把您住的地方弄得更舒服漂亮

本來已經打算要將您的大體火化後弄進廟裡

聽安慈說……您不願意是吧？

媽媽說，或許您已經交到許多好朋友捨不得離開那兒

嗯，都好，我們一定尊重您的意思

爸……您一定知道「五百」的事了吧？

您知道的……我會是您的驕傲的
我從來都是啊

老天爺是疼惜我的
他都聽見我心裡的痛了
讓我一步一步的完成我應該完成的事
這一切
都是爲了您
我只不過是盡一份爲人兒女的責任罷了
跟媽媽說了
她也爲這「五百」掉下淚
但我知道您是開心的
因爲我不再是您眼裡那個聰明臉孔笨肚腸又嬌滴滴的女兒
我很棒，對吧？

我相信老天爺的安排
您走後祂在我身邊安排了許多的貴人
讓我平安度過很多困難
惟獨
祂幫不了我停止對您的思念
這些年來我常常回想起過去的日子
常常看著小時候的照片
看著您抱著我……想要找回一絲絲在您懷中的溫暖
多……難……
現在的我常常很感嘆人生
我不想要懵懵懂懂的在人世間走一遭
我對我自己的人生負責
希望給您的寶貝孫子留下榜樣
這也是您當初爲人父給我的榜樣阿

親愛的爸爸
對您的思念從來沒有停止過
在我的心裡您永遠都在最重的位置上
我的努力、上進就是要證明給您看
我一定行的
我一定是您的驕傲
多希望您能再牽著我的手一起去買玫瑰花
我絕對不再喊累了
我要買好多好多的玫瑰回家
與您一起栽種
與您一起灌溉
一起築起這最美的夢中花園

在清晨
剪下滾著晶瑩露珠的玫瑰花放在母親的房裡

母親思念您的流下的淚……滴滴都是晶瑩的露珠阿
唉……親愛的爸爸
我好想您噢……我們流下的眼淚可以灌溉一座玫瑰花園了吧
我只想說……好想您……好想您……好想您……
心裡的遺憾實在太多
知道嗎?很多人都不能理解我對您的感情
其實
不只是我…… 母親、妹妹都是一樣的
只有我們才知道您對這個家的意義
您是我們的天阿……

唉!親愛的爸爸
如果可以
我願意爲您擋死……

等「五百」完成之時
我會上墳焚燒給您
以慰您在天之靈
我的愛

我終於懂了
這世界上沒有什麼是能永恆的
除了
親
情
直到我到另一個世界去旅行時
我都會帶著

親愛的風
請你聽我說
我知道你將我的堅強都轉告給我的父親了
他沒有入我夢中來摸摸我的頭
這表示
他知道我的堅強最像他
他知道
這一切我都能挺得過
親愛的風
別忘了將我的思念轉達給他
你飄阿飄阿
吹的都是
我
的
痛

20. 玩油戲

一個人的行爲奇不奇怪，跟他的思維的確有著很密切的關係。要跳脫一般世俗的想法和束縛後還能自在的做自己，並不是件簡單的事。奇怪的思維在小時候讓父母很難管，就學後讓老師很難教，出社會後常常被朋友說是……怪怪的人。但，這樣是不是件好事呢?就見人見智了。不過，奇怪的思維套用在我身上……，我個人覺得「很滿意」；因爲，我天馬行空、腦袋裡常常打雷的想法，給了我一個非常不一樣的人生。我的思考不一定按照邏輯走，我的行爲當然不一定能被「正常人」所接受。不論別人用何種眼光看我，我都自在又快樂。當然，我還是有一套屬於自己的規範，這規範的條文在我心裡，也隨時在改變。我的腦袋……好累、好快樂。創造各種不同的想法，是我的腦內嗎啡。

很久很久以前，有一個小女孩……，她從來都不擔心自己會無聊。只要媽媽出去打牌，這位小女孩就會帶著妹妹玩遊戲；一天，母親又出門去了，她很認命的帶著妹妹玩著所有能玩的遊戲，扮家家酒、醫生給病人看病、車掌小姐剪票、幫紙娃娃換衣服。玩著、玩著…她開始覺得無趣了；於是，她想起一個始終弄不懂的奇怪問題，媽媽老是要她吃東西小心，千萬別落在地上，不然會生螞蟻。這……「螞蟻到底是從哪裡生出來的呢？」，爲什麼才一轉眼的工夫，食物就會生出螞蟻來呢？她決定要把真相找出來。

「逸慈，我跟妳說，我們來幫媽媽把螞蟻找出來殺光光，她一定會很高興」。該如何找螞蟻呢？這個小女孩實在太聰明了，她永遠有取之不盡、用之不竭的好主意；她跟二妹去廚房弄了杯糖水，拿了張小板凳，將糖水放在小板凳上。就這樣，她還規定妹妹不準動，不然，會把螞蟻嚇跑；兩姐妹就像木頭人似的盯著這杯無辜的糖水。螞蟻始終沒從任何地方「生」出來。這點小事絕不會把小女孩的信心打倒，她說著：「一定是糖水不夠甜。」，就這樣……進出廚房，來來回回加了不知道多少次的砂糖。

這遊戲，似乎沒有小女孩想像中的有意思。她給自己一個答案……螞蟻會怕人；所以，這遊戲玩多久都沒用的，因爲，旁邊一定不可以有人在。

不論，母親如何交代著小女孩「不要造反、不要打翻東西、家裡不可以弄得亂七八糟的」，孩子始終就是孩子，哪有大人不在家還能不出差錯的阿！

就有那麼一天，她發現了一件超好玩的事。小女孩玩到口渴了，走進廚房想要倒杯水喝。眼尖的她發現洗碗槽旁邊有一個小碗，碗裡裝了不知道是什麼東西的液體，她

只是想拿起來聞聞看，一不小心……翻倒了；這可是個大發現耶！因爲碗裡的液體油油的、滑滑的，好玩極了。她號招二妹一起來將這油油的「水」擦在廚房的地上、牆上，最厲害的是，她發現這油油的「水」如果擦在流理台上，可以讓金屬亮亮的。這下不無聊了，兩姐妹開心的將廚房擦得好亮。

她們很乖噢！還知道玩好了手油油的不可以到處亂摸，走進浴室將手洗了好幾次才洗乾淨耶！一塊肥皂都快用完了呢！

傍晚，媽媽回來了，一走進廚房差點沒把鼻子給摔掉了。她喊著：「要不要死啊！妳們什麼不去玩，居然來玩沙拉油，我的天阿！還抹的到處都是。我等一下一定要來打死妳們。」媽媽邊擦廚房還邊罵個不停，小女孩知道媽媽很兇又很愛乾淨，讓她生氣起來打人很痛的，她好害怕，看到媽媽擦好廚房，拿著棍子要過來打死她，嚇得大哭說：「不要打我啦！我又不是故意的。我怎麼知道那是沙拉油？」，小女孩哭得好慘；她看著媽媽手在空中不停揮舞著的棍子，好像漫畫書裡那個俠士揮舞著劍要殺壞人，可怕極了；最後媽媽放下那可怕的棍子，大聲的警告著小女孩說：「我跟妳說噢，沒有下一次，如果再這樣，我一定會好好的揍妳」。

小女孩當然聽懂了，可是她就是不懂爲什麼她老是會犯了媽媽的大忌。隔天，她又不小心將洗碗槽旁的小碗打翻了，裡面依舊放的是媽媽炸過肉後剩下的沙拉油；她氣急敗壞的學著媽媽將洗碗精倒在抹布上，沾點水，到處抹抹擦擦。小女孩自認爲擦得很乾淨，可以天衣無縫的瞞過媽媽。

這次，媽媽一回家就先去廚房檢查，馬上發現沙拉油又被打翻的事實。她怒吼著：「妳又來給我玩沙拉油，不打妳不怕是不是？」小女孩很怕啊！可是她這次沒有哭，因爲她已經想好要怎樣爲自己辯護了，她說：「我不是故意的，這次真的是不小心。妳明明知道我會不小心，爲什麼還要把沙拉油擺在這裡。我也很害怕啊！知道妳會打我。妳看，我有擦乾淨耶！我有學妳用洗碗精到處擦。」，這次媽媽苦笑的看著小女孩說：「算了，算了……我真是受不了妳」。就這樣小女孩爲自己辯護成功了。

最討厭的就是那個三妹，只會跟她屁股後面叫姊姊，講什麼她也聽不懂，就只會讓這個無辜的小女孩被媽媽打。

三個小朋友在一起不就是跑跑跳跳嘛！圍著桌子追來追去最好玩了。媽媽一直罵著：「妳不要帶頭瘋，這樣跑很危險，等一下妹妹摔跤撞到桌子怎麼辦？萬一咬到舌頭會斷掉。跟妳講不聽，等一下妹妹受傷我一定要打妳。」。小女孩真搞不懂，爲什麼媽媽什麼事都會知道啊！媽媽的警告才過沒多久，還在牙牙學語的三妹果然摔跤了。這一

摔不曉得摔到哪裡，三妹摸著頭哭到快斷氣了。她和二妹都呆在一旁，媽媽抱著三妹也在哭，心急如焚的檢查著妹妹到底哪裡受傷了；三妹還小，什麼也不會說，只見三妹的手一直摀著耳朵哭，媽媽一看，真是不得了，原來三妹的耳朵不知怎麼搞的裂開來了。媽媽抱起三妹，拿了皮包就要往外衝，還對小女孩放話說：「等一下我回來一定要打死妳，叫妳不要帶頭這樣跑，妳不聽……」。望著衝出門去的媽媽，小女孩呆了幾秒鐘；她焦急的跟二妹說：「怎麼辦啦！安慈耳朵裂了，這次媽媽一定會打死我。」，二妹還小，被打的經驗沒有小女孩豐富，她也不知道該怎麼辦？

「沒關係，我想到好辦法了」，小女孩很聰明，她想到了可以找人來救她。腦筋不錯的她，雖然才讀幼稚園，但是已經會背很多電話號碼；她拿起電話，撥了個最有用的電話號碼，「嬸嬸，快點啦，妳趕快來救我，媽媽說要打死我。」，電話那頭接到電話的嬸嬸急忙安慰著小女孩：「哈哈哈哈，不會啦，妳媽怎麼會打死妳。」小女孩急瘋了，繼續哭喊著：「會啦，安慈耳朵裂開了，我媽說要打死我，叫爺爺趕快來救我啦！」這時，爺爺接了電話，一聽到是爺爺的聲音就更放肆的亂喊亂叫的哭說：「救命阿！救命阿！爺爺快來救我啦！媽媽說一定要打死我，你快來啦！」，「什麼，說要打死妳，他媽媽的B，她敢打死妳，不像話，老是打妳……」就這樣，小女孩死都不肯掛電話，拼命哭給爺爺聽。

突然，小女孩聽見開門聲，媽媽回來了。還拿著電話的她好冷靜啊！一回頭看到媽媽，小女孩就將電話拿給媽媽說：「爺爺打電話給妳。」，媽媽接起電話後，過沒幾秒鐘，就拼命解釋著：「沒有啦！我哪會打死她。……爸……你不要生氣啦！好啦，好啦，我不會打她啦！」，聽著媽媽說的話，小女孩得意極了，她覺得自己好聰明，想到這一招，說自己聰明可不是臭屁的噢！掛了電話後，連媽媽都說：「妳那麼聰明啊！爺爺家的電話妳有背起來？」；那當然，她想，我這麼聰明。

跟兩個妹妹玩真是糟糕極了，老是要被打。小女孩最喜歡跟爸爸玩了。每次爸爸跑船回來就是她最快樂的時候。

在她還很小，約莫是上小學一年級吧！那時候一個星期讀早上的課，另一個星期就讀下午的課。小女孩最愛讀下午的課；父親一早起來會帶她到處轉轉，她最愛爸爸帶她去青年公園餵魚了。那是父親在家時帶給小女孩最美好的回憶。

有一天早上，爸爸又帶小女孩去青年公園餵魚。她好喜歡看著池裡的大鯉魚，口一張一合的將魚飼料吸進嘴裡。不過她就不愛在夏天去，因爲太熱很不舒服。唯一能讓她乖乖去的理由除了餵魚之外，就是有冰吃。

這天，去公園餵完魚回家，一進門就聽見媽媽在廚房炒菜的聲音，陣陣的香味讓小女孩感到好幸福；離上課的時間還早，爸爸說要跟小女孩玩遊戲，「玩捉迷藏」小女孩要求著，當然是爸爸當鬼。家裡不大，爸爸數著：「1、2、3、4、5……」她心裡真焦急，一定要找個很難被發現的地方。床下……不行，躲過好多次了，衣櫥裡……不行，她最討厭衣櫥了。爸爸很少打她，不過，她不乖的時候就老愛把她關在這好黑、好可怕的衣櫥裡。想著，想著……她突然發現了一個好地方——冰箱後面，她小小的身軀很容易就躲進去了。小女孩竊竊自喜的聽著爸爸在家裡走著找她的腳步聲，來來回回的翻著每個可以讓小女孩藏著的角落。時間過了好久耶！她想著……「好無聊啊！這麼久都找不到我」。

「韻慈呢？」母親從廚房裡走出來問，「不知道啊！到處都找不到。」爸爸說，媽媽直呼：「怎麼可能，你到處都找了嗎？」，「是啊！到處都找過了，她真能躲，這次真的不知道躲到哪裡去了？」，「韻慈阿，韻慈阿，出來了啦！趕快出來阿，吃飯了！」媽媽喊著她。不是小女孩不肯出來，而是……；終於，躲在冰箱後面的小女孩，被爸爸七手八腳的給挖了出來，爸爸喊著：「哎呀！怎麼躲在冰箱後面睡著了呢！」，媽媽也趕忙湊過來看個仔細，他們笑壞了；還在迷糊中睡眼矇矓的小女孩想著，真是有夠笨，都找不到我，等那麼久害我無聊到不知不覺睡著了。

一直到小女孩長成大女孩之後，她還是常常想著同樣的問題；到底……爸爸當時是不是故意找不到她的呢？只可惜……她還來不及問這個問題，父親就已經過世了……。永遠……永遠都沒辦法知道了。

愛要及時，爸爸有對小女孩做到；但是大女孩卻再也沒有機會對父親付出她的愛……。大女孩將她最難忘的遊戲寫下來，有空的時候就一字一字的看著，讓這些愛慢慢的流入心裡……重溫……。

21. 靈犬萊西

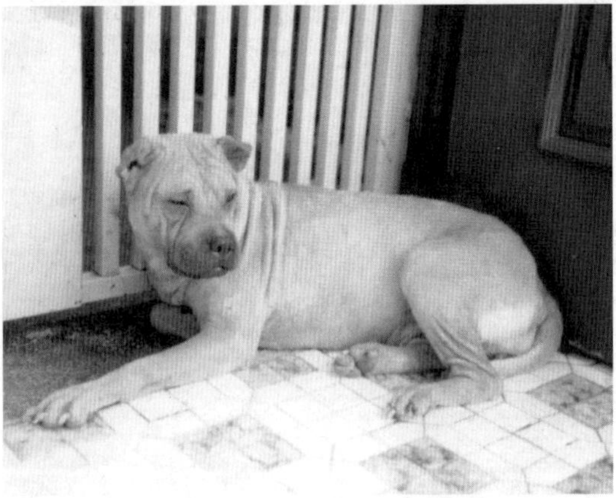

我從來都認爲命運是掌握在自己手裡，但是，我相信有命運之神。就如……我是佛教徒，但是，我也常常感謝上帝。我相信有神明，但是我不常去「拜託」祂們，我不相信有鬼，看是我看過、遇過，也很怕祂們；你覺得我很妙嗎？那是因爲我在人生的路上經歷過太多的事，回首來時路，你細細的去回想，你遇見的人，經歷的事，它們在你的

生命裡都有一個……位置，這之間都有著你看不見的線互相交織牽引著，莫名的給了你所謂的「命運」。我敬畏這些神奇的力量，我感謝上天給了我一些「使命」，讓我有很多的故事可以寫。

孩子是屬於大自然的。每個孩子都愛赤著腳丫在青草地上打滾、奔跑，每個孩子都愛跟小動物們親近、玩耍。孩子與小動物之間的互動是全世界最單純、最美妙、最合諧的畫面了。

父親長年在外跑船，無法像一般正常家庭一樣，能常有爸爸陪同出外兜風。其實，想起來心裡鑾酸的，跟爸爸一起出去玩的印象真是少之又少，當時年紀還太小，僅有的回憶也只能在已泛黃和模糊的舊照片中尋找。

爲了避免我們的童年太寂寞，母親盡可能的安排我們與她的朋友和親戚一同出遊。對於養寵物這件事，我們不知道央求了幾百次，有嚴重潔癖的母親就是不肯答應。

那是一個……夏天，剛好父親跑船回來休假。我們三個蘿蔔頭放學回家就看見家裡的陽台居然多了一隻狗……一隻很醜……皮皺皺的……味道也不怎麼好，又有點皮膚病，短短的毛裡還有蝨子，而且不停在發抖的狗。且不論這隻狗的美與醜是否會影響我們對養牠的這件事沒有興趣，一塵不染的家裡能有狗出現，那可真是比天落紅雨還稀奇啊！我和兩個妹妹興奮的尖叫了起來：「哇！怎麼會有狗阿？」一邊逗弄著這隻還在拼命發抖的狗，一邊堅定的認同著要養狗這件事。

這隻狗當然不是不請自來的，原來是住在二樓的叔叔，他有位朋友是開狗店的。因爲店面要搬家，所以就先將一些狗兒寄放在叔叔家裡。難得可以看見這麼多狗，當時，我們也興奮的去二樓叔叔家看看。但，看了叔叔家其他更可愛的狗之後，我很納悶……是爲怎樣父親的眼光會這麼差，選了這隻又醜、又臭，有皮膚病，身上還有蟲的回來玩？

我們知道母親是絕對不肯答應養狗的，我們三個蘿蔔頭轉而向父親求救。父親說：「爸爸也很想養阿！希望能養一隻狗陪妳們玩，保護妳們。可是妳們要經過媽媽的同意，我經常不在家，媽媽照顧妳們已經很辛苦了，我也不想要增加妳媽媽的負擔。」我和兩個妹妹洩氣極了，看母親拼命的搖頭……肯定是不用再說，沒指望了。

我和妹妹放學後都急急忙忙用奔跑的回家，好希望能跟這隻狗多玩個幾天。因爲等叔叔的朋友將狗店整理好，就會將所有的狗領回去。父親真是用心良苦，費盡了心機。他雖然非常的體貼母親，但是，他更知道他的三個女兒是有多希望能有這隻狗的陪伴。每天早上父親就去叔叔家帶這隻狗出去跑步，下午也帶出去跑步，晚上也帶出去跑步。

回來還跟媽媽愛現說：「妳看，這隻狗我帶才出去幾天，現在雄糾糾氣昂昂的，也不會發抖了，這種狗是鬥狗，很忠心會保護主人。」我瞧見母親眼底的笑，她應該是在笑父親的煞費苦心吧！

知道這隻狗要被領回去的前一天，我和妹妹還是不死心的求了求母親，淚眼汪汪的看著母親說：「我們會乖，也會幫忙照顧。我們會負責帶牠出去遛遛，餵牠吃飯，拜託妳養牠啦！」。當時，真是覺得母親是鐵石心腸來著，玩了這隻狗那麼多天，也玩出感情來了，這麼求妳還好話說盡，妳硬是不肯答應，破壞了我們想要養狗的美夢。

隔天要上學時，我和妹妹好一一不捨又淚眼汪汪的跟這隻狗道別離。怎知，放學回來，我和兩個妹妹真是傻了眼，真沒想到如頑石般的母親居然點頭答應要養牠了。我問母親：「妳不是不要養嗎？怎麼又要養了？」母親說：「那怎麼辦勒？妳們三個和妳爸都在流眼淚，我不養豈不是太慘忍了嗎？」真是的，不早說……害我跟妹妹在去上學的路上拼命哭。

問了父親要給這隻狗取什麼名字好呢？父親不假思索的就脫口而出說：「萊西」。取這名字是因爲當時有一部外國影集「靈犬萊西」非常火紅，雖然影片中的「萊西」是一隻是可愛又漂亮牧羊犬，我們養的是醜醜又臭臭的「沙皮狗」，但是，父親自有對牠的期許，希望牠能是隻「靈犬」，可以陪伴我們，保護我們。沒想到保衛家園的重責大任居然落在這隻狗的肩膀上了。

接下來，父親在家的這段日子真是快樂極了，我們每天放學回家都有驚喜。看見家裡的小陽台上堆放了很多的木材，那是父親要幫「萊西」做一間狗屋的材料。我們催促著父親，每天都要檢查父親的進度。狗屋完成的那一天，我簡直不敢相信我的眼睛，原來我的父親手藝那麼棒，狗屋做得有模有樣的，漂亮極了！「萊西」似乎也知道那是父親特地爲牠做的狗屋，死命搖著尾巴來來回回的在狗屋裡轉進來又轉出去的。

很快的，父親又得要上船了。寫到這裡……我的心情又 Down 了下來。當時，對於父親的回家、出國跑船……習以爲常，並不會有太多的難過。現在的我回想起來，每一次的離別，對於這麼愛我們，這麼愛這個家的父親而言都是椎心之痛。我想起他做好狗屋我們稱讚父親時，他臉上驕傲的神情，我想起他看著我們跟這隻狗玩時，他臉上滿足又疼惜我們的神情，我真的又忍不住掩面痛哭……。

「萊西」在母親的細心照顧之下，皮膚病好了。每天下午，母親做完家事後都會拿張矮板凳坐在牠身旁，幫牠抓身上的蝨子。母親每天的例行性工作，也因爲多了這隻狗更加的忙碌了起來。但是，我看得出來，母親是很喜悅的，而且非常疼愛這隻聰明又非

常有靈性的「萊西」。

漸漸的，「萊西」不只是一隻狗，牠更是我們的玩伴，我們跟牠講話時總喜歡用「姊姊」來稱呼自己，就像是多了個……妹妹，是一家「人」。好幾次，在寒冷的冬天早晨裡，母親睡過頭沒叫我們起床上學，「萊西」會站趴在她房間的窗前低吼，像是在叫母親該起床了。說也奇怪，牠似乎知道我們該上學的時間，就連我們放學的時間牠都知道。第一次發現牠知道我們放學的時間；是在我們放學的時候，牠居然會站趴在陽台邊，只要看見我們的身影就開始狂吠，這實在是太驚喜了。後來，我們甚至發現，在那麼多小學生放學一路嘻鬧的路上，牠只要聽見我們只用氣音「西」輕輕發出來的聲音，就開始拼命抓門，大聲嘶吼的聲音就是要母親趕快開門讓牠從四樓的公寓衝下來第一個迎接我們放學。「萊西」的耳朵相當靈敏，牠還能分辨鑰匙聲是不是我們的呢！有「萊西」的童年真是好快樂。

我們最愛在晚餐過後，人手拿著一支母親爲我們做的「綠豆冰棒」，坐在陽台的矮鞋箱上，吃著冰棒，看著月亮，說說學校發生的事。當然，還有跟「萊西」玩。

我真的好難忘，在小陽台上吹著涼涼的風，望著天上的月亮和星星，吃著媽媽做的愛心冰棒，與兩個妹妹童言童語嘻笑著，玩著騎狗打仗的遊戲。吃完冰棒就等著將廚房碗盤都收拾好的母親幫我們洗個香噴噴的澡，然後甜甜的進入夢鄉。

有了「萊西」之後，爲我們的生活添了許多樂趣。放學後，常常在陽台上跟牠玩。

有一天下午，我在陽台陪牠玩時，往樓下望去無意中發現……有一位陌生的男子，站在電話亭裡；這個電話亭平常非常少人用。小社區，左鄰右舍附近的人大多都是熟面孔了。我也奇怪，這個男人站在電話亭裡，手拿著電話貼在耳朵上，東張西望的嘴巴動都沒動過，不像是在講電話。我看了他許久，心裡感覺好毛。一連幾天，我都看到他在電話亭裡，重複著，拿電話不講話且神情慌張。我忍不住跟媽媽說了這件事，不過母親始終不以爲意。

老天爺給了我「使命」，讓我注意到這個陌生又奇怪男人。就在幾天後，一個放學的下午，母親那天剛好有事不在家，妹妹比我早到家。我按了門鈴，門開了，我進去後正轉身要關門時，就發現那個奇怪的陌生男人突然出現了，他硬是用力的將鐵門推開。我當下心裡大喊糟糕了！但是我很冷靜的加快腳步上樓，這個男人跟的很緊，我走得越快，他的腳步也加快，我真的沒誇張，他的頭都撞到我的屁屁了耶！

不知道是不是老天爺暗中幫忙我度過難關的。妹妹沒等我自己開門，先將家門打開了，還差一層樓到家時，「萊西」衝了出來，牠沒搖頭擺尾開心的迎接我回家，反而用

一種我從沒聽過兇狠的狂吠聲叫著，直直的就往我身後衝過去，撲往那個陌生的男人身上拼命咬。我知道……我得救了。那個陌生的男人是用摔的摔下樓的，連滾帶爬的魂都嚇飛了。從此，我再也沒有看過這個男人出現在電話亭裡。但是，我變得很注意週遭的環境是不是有陌生人，也非常害怕有人突然在我身後出現。

「萊西」曾經經歷過一次非常嚴重的「被下毒」事件，我到現在都還懷疑是不是那個陌生男人的報復。一天半夜裡，我們聽見陽台上有聲響，以爲是「萊西」半夜睡不著在玩，沒多久，「萊西」像是發了狂似的在陽台上痛苦的嘶吼打滾，媽媽和我們都嚇得起床看看是發生什麼事了，沒想到看見「萊西」口吐白沫，翻著白眼痛苦不堪。當下，母親和我們哭得死去活來的，深怕莫名的要失去牠了。母親拿了條大浴巾包著牠，叫了計程車，趕緊的將「萊西」送去動物診所。二十幾年前，人送急診都要花費不少了，何況是狗。母親半夜哭哭啼啼的要狗醫生趕緊幫「萊西」看看，你真的很難想像牠居然是被……下毒的。母親發現陽台有樣不知名的食物，是半夜有人丟上來的。當時醫生的診斷是「萊西」吃到『農藥』，這個人心機非常重又狠毒，居然將農藥弄在不知名的食物裡從樓下丟上來。真不知道「萊西」跟這個下毒的人有什麼深仇大恨，一定要至牠於死地。

老天保佑，「萊西」也有牠的使命，那就是繼續的保護我們。當時牠中毒相當深，母親求醫生一定要給牠最好的治療，母親陪牠在醫院裡待到天亮，終於救活了牠。我和妹妹得知後在家裡開心得又哭又跳的。「萊西」是狗醫生看過非常兇的狗其中之一。因爲要住院觀察與治療，牠不肯吃狗醫生給食物，也不肯讓狗醫生餵藥，居然還把關牠的鐵籠咬壞了跑出來。本來不肯養他的母親，也心甘情願的花了非常大筆的醫藥費，還要每天往返狗診所，餵飯、餵藥、安撫牠的情緒，直到牠康復帶牠回家跟我們團聚。後來，只要說起此事，媽媽都會笑說：「以後我死了，妳們不曉得會不會哭得那麼慘」。

人會老，狗當然也會老。一隻狗的壽命有十幾二十年，這中間「萊西」也經歷了父親的意外過世。唉……我強忍著又要掉下的淚，重重的嘆息著。所有的生命都有走到盡頭的時候，只是……父親遠在他鄉意外過世，不在我們身邊；「萊西」竟然也選擇了不在我們身邊……走掉。

當時，我們的課業越來越繁忙，每天回家做功課都要做到半夜，還要應付一大堆的考試，也無暇常常陪伴「萊西」在陽台上玩。小妹也去了嘉義讀書，家裡是越來冷清了。

母親跟我說著：「『萊西』最近怪怪的，我帶牠出去散步，牠都會自己跑好遠，叫

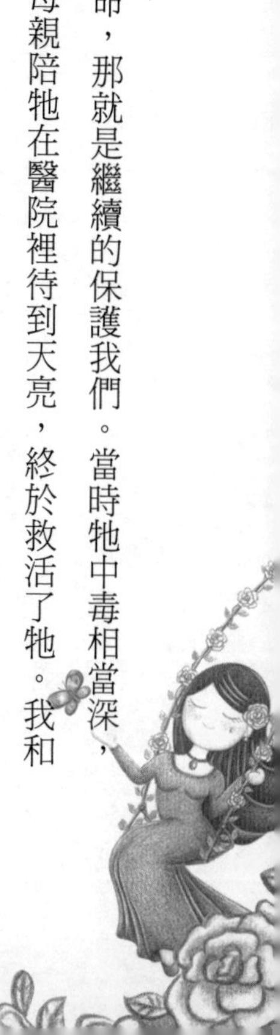

也叫不動牠，我都要跑得滿身大汗的去抓牠回來。」。那時候想，可能是因爲牠年紀大了，記性不好，所以怪怪的。

就在有一天母親帶牠出外散步時，「萊西」的像是發了狂似的拼命往前狂奔，任憑母親怎樣喊牠，牠頭也不回，任憑母親怎樣追也追不上。就這樣子……我們永遠失去牠了。

在好多個夜裡，母親只要聽見外面有像是「萊西」的狗叫聲，她連半夜也會起身循著聲音去找，一邊哭……一邊找。還找到人家家裡去，母親硬著頭皮敲門，只是想知道是不是「萊西」被好心人撿回家收養，每一次的落空，就多流一次的眼淚。

人家都說，狗知道自己什麼時候會死，而且不會死在自己家裡。我們知道……「萊西」可能知道自己的生命將至，所以選擇了……出走。我們的寶貝「萊西」妳知道嗎？就算有這麼一天，我們忍著巨大的傷痛也想要親手送走妳，多希望妳能在我們身邊安詳的走，沒有恐懼，我們會緊緊的抱著妳跟妳說我們好愛妳，我們會燒很多的金銀財寶給妳，讓妳一路好走。偏偏妳要這樣讓我們牽掛，妳真的好不孝，媽媽和姐姐都哭乾了眼淚，還讓媽媽半夜哭著出去找妳。就算是死，我們也想要見屍阿！唉……。

父親去世後三年多，我們搬離了台北的中和，去母親的故鄉基隆居住。外婆也住在基隆，人親……土也親。依照台灣人的傳統習俗，我們有焚香祭拜告知父親，要他記得逢年過節回來享用我的們祭禮。就在兩年前中元普渡的前幾天，母親居然夢到「萊西」跑來基隆找我們了。夢中母親一開門見到牠，就抱著牠說：「唉呀！『萊西』啊！妳是跑去哪裡啊？我們都找不到妳，回來了就好，回來了就好，妳一定跑很久很累了吧！媽媽弄東西給妳吃。」。母親驚醒來後免不了又要傷心一次。

從此，只要逢年過節，母親會連「萊西」一起祭拜，給牠弄些好吃的，叫牠要回來吃飯……。

看著這張我保存下來的照片，臉上苦笑著，心裡酸著想，父親果然眼光很好，沒有因爲「萊西」有皮膚病就嫌棄牠，我們的眼淚也讓母親不捨而養了牠。「萊西」也負起了牠的「使命」保護我們。所有一切出現在我生命裡的人、事、物，不論是欣喜的還是憤怒、悲傷的……我都學會感激……珍惜有今生沒來世的緣分。而且我深信「命運」，所有在你生命中出現過的人，發生過的事，都必定有它的機緣存在。

22. 不悔

你有沒有認真的思考過，在你人生的旅程中是否有錯過了就再也難以回頭的事呢？對於這些事於多年之後你再回頭看，是不是還是像當初所做的決定一樣不後悔呢？看著站在舞台上唱著「很愛很愛你」的劉若英我總是大聲的跟著唱著，每每也會不小心的掉下眼淚。我並不是後悔我當初做的決定，而是……另一種感動……。我感動著我能放棄絢麗非凡的人生而造就另一個不平凡的自己阿！

人生的際遇真的是很難預料的。運氣好下了床伸出一隻腳胡亂撈就能穿對了屬於那隻腳的鞋，有時候怎麼撈就是撈不到鞋，要不就是穿錯了。刻意的彎下腰想要一次就穿對還會不小心閃了腰扭了脖子。

有個朋友介紹我去一位會通靈的先生那兒算命，愛情我從來不缺，對於未來可以走的路卻是很不確定的。問了我到底該從事什麼行業會比較適合我？這答案通靈先生是給了，不過我真的合適嗎？他說聽到我唱歌的聲音，我有機會往演藝圈發展。但是……是不是命中就註定我一定會往演藝圈發展呢？

我不是屬於「宿命論」的那一派，但是我又相信有些事情真的是「命中有時終需有，命中無時莫強求」。就比如：我真的很愛唱歌，歌聲也不差，在學校就是合唱團的我，唱歌豈是難事。但是要我當偶像這回事兒就難倒我了。我是很極端的人，對自己的要求很高，什麼事情都很追求完美，不讓自己發胖，隨時隨地都要保持美美的，白色的衣服只要有一個小污點我就會歇斯底里。可是當我長期處於精神緊繃的狀態一旦潰堤時，我又能只要美食不要身材的狂吃，盡量找寬鬆的衣服穿才能多撐些食物裝在已經凸出的小腹裡，也可以吃到白色衣服沾了油漬還安慰自己舊的不去新的不來。個性問題。我常這樣子想。

機會真的是有的，而且一點兒都不用強求。有多少條件很好的女孩兒拼命的找機會想要躍上舞台讓眾人崇拜。整形、學唱歌、上演員訓練班，十八般武藝樣樣都學，拼命找機會在媒體上露露臉或是找門路想要當天上那顆星，但就是沒有幸運之神找上門來。偏偏我的願望很小，我只想要有個好老公養幾個可愛的孩子而已。我不是有錢人，也不不羨慕當了偶像可以賺大錢的明星。實在是個性問題阿！母親常笑說：「我的傻女兒阿！妳實在太容易滿足了，不知道是幸還是不幸。」

是幸運的吧！我想。如果當初真的簽了合約，或許今天我不用去小巨蛋看人家的演

唱會，站在舞台上的會是我。但是，我會失去了在我心裡覺得最重要的那一塊……。演藝圈複不複雜這件事我心裡是很明白的，清者自清，濁者自濁。因爲環境的因素，很多時候很多作爲真是身不由己。我不喜歡迎合別人的胃口，要清純、要嬌媚都是可以用包裝的。明明我就是「清白」之身何須受到大眾輿論批評。這一切都會讓我對於人生的價値觀有所偏頗。我很有個性，也只有很簡單的理由「劉小姐我就是不愛」；人生說長不長，說短不短，有今生沒來世的。就算錢財散盡也換不來一身的自由和自在。我多愛自在啊！

我忠於自己的心，跟著自己的心走。到底要不要簽約當偶像這件事並沒有困擾我太久，我想，沒有任何一家公司會想要培養一個只想結婚生子的偶像，那實在太冒險、太不划算了。唱片公司極力說服我簽約，爲了加強我的信心還跟我保證他們的眼光很好，我一定會紅。天知道，我不是對自己沒自信，反倒我是非常的有自信。因爲這家公司並不是第一個這樣跟我說的。心裡被兩股力量拉扯著……一邊有的是鮮花、掌聲和閃光燈，另一邊……只有一個男人，能給我他所有的愛，愛到深處無怨尤的結果就是……即使我很任性、即使我很惡霸、即使我生了孩子之後會胖三十公斤他仍然能擁我入眠……說我好性感……喜歡黏在我身上的男人……。

我喜歡現在的自己，生活單純又有動力。我喜歡聽老爺那吵死人的打呼聲，很有安全感。我喜歡看著兩個調皮的兒子玩耍。我喜歡有璀璨花園，我最喜歡有你們對我的鼓勵。我也是偶像耶！誰說一定要上電視才是偶像。誰說一定要當明星才是偶像。你也是偶像耶！夫人也常常跟大家學習。每一個人都是獨特的。有一位茶迷跟夫人說過他有多愛劉若英，據他的形容是十萬個人裡面都很難找到像奶茶這樣的女孩子，我同意阿！不過……他忘了他自己也是很獨特的呢！大家都有這屬於自己的個性、長相、氣質，誰又不是很特別的呢？我想起父親曾說的話，他希望三個女兒都能有好的歸宿，不要走演藝圈，因爲他不捨他細心呵護捧在手掌心裡潔白的明珠沾染上其他的色彩。別再問我後不後悔當初沒當成偶像，我……依然不悔。

我選擇了吐司麵包放棄了豪華大餐。親愛的你沒讓我失望，至少在我寫這本書時你還是愛我如昔。我們醜話先說在「這裡」，哪天你背叛了我有悔的絕對是你。因爲我在沒有你的「恩准下」說了很多你的好話，如果要我說狠話我也是很能說的，嘿嘿。

容顏未顯老
無奈鬢毛催
青春舞不動
年華似雲煙

23. 背叛

你是否曾經有過跟你很要好的知心朋友
所有的秘密都可以一起分享
開心時一起笑到飆淚
失意時一起抱頭痛哭
用「手帕交」來形容這份友誼是再也貼切不過的了
對於我這種雖是女兒身卻有男兒義的人來說
我最痛恨的就是
背叛
我真是不敢相信我如此真心對待的好姐妹
爲什麼可以爲了錢如此冷血無情
傷透我的心

我曾經有過一位非常要好的「手帕交」
至少我這麼認爲
她是一位很能幹的女人
幫一位香港朋友經營在台灣的餐廳
她的姊夫也在百貨公司裡開西餐廳生意不錯
沒想到所有一切的開始……居然都是陷阱……
（姑且先稱她爲L吧）

一天，我接到L的電話問我：「我姊夫那家餐廳想要頂讓給人做，我們一起頂下來做好不好？」。我想要開一家餐廳很久了，但就是苦無機會。從小媽媽保護的太好連碗都不會洗的我很慶幸有L這位能幹的朋友可以幫我。我跟L說：「真的嗎？太好了！可是我必須要問我媽媽因爲我也沒有錢。」。於是，L帶我跟媽媽去看了那家店，那是在台北南京西路某家百貨公司裡的小小西餐廳，母親爲了幫這個嬌滴滴的女兒圓夢砸了錢，說好一百五十萬的頂讓金，我跟L一人六十萬，讓原本的老闆佔三十萬，因爲我什麼都不懂，每天只會打扮漂亮跟姐妹淘到處吃吃喝喝，要接下如此重責大任母親是有擔憂的。讓原本的老闆佔些股份或許還可以幫忙做些瑣碎的事。母親的擔憂是對的，付了錢之後的發展真是令我……。

事先L及他姊夫有跟我明說，礙於百貨公司裡的合約是規定不能轉讓的，所以我們只能秘密進行，在餐廳裡千萬不要別聲張開來說我與L才是現在的老闆。（這是我犯下大錯之一）

「進駐」的第一天我就很傻眼。L沒空來找了個「替身」，這位替身是在L香港朋友餐廳裡打工的小妹，我當然也認識她。L居然自掏腰包請位替身代替她的工作；第一天進駐時我就發現餐廳的氣氛很怪，餐廳請的服務生和廚師也都知道「換老闆」這件事了，大家還是各司其職靜靜的工作著，我是「校長兼撞鐘」的老闆，什麼活都得幹，累個半死，我也搞不清楚我這個老闆怎麼像是「偷渡客」。

當替身叫我「韻慈」時，我真是嚇了一大跳；「替身」年紀很小，理應要稱我「韻慈姐」的，更怪的是這位替身小妹妹之前對我的熱絡全都沒了，每天都是面無表情的對我，甚至根本就不跟我講話。過了好幾天，這位替身終於敵不過自己良心的譴責來跟我自首，說是L不准她跟我講話，也不准她叫我韻慈姐的，她很痛苦。更誇張的是，連廚師也來跟我自首，說是L也不准他煮飯給我吃，也不准他跟我講話。（你一定在想是我

有地方得罪了L對吧，這是我犯下的大錯之二——不懂女人心）

L看準我從小嬌生慣養，嬌滴滴的，她居然放話說：「如果她沒有我，我要看她該怎麼辦？」。「嬌滴滴」這件事是父母太疼愛下的產物，但不代表我沒有骨氣，我不只有骨氣，還很有傲氣。一人扛下了外場、吧檯、洗碗、洗杯子、洗鍋子、刷地板、切菜……（族繁不及備載）；這些事情都是我不曾做過的，爲了一口氣——我爭，不會——就學，我告訴我自己沒有任何事能難倒我，倔強也是往後成就我的最大因素，我不服輸。很快的，餐廳的事我都能上手，也讓L爲之氣結。

餐廳的腳步是很緊湊的。因爲餐廳處在鬧區又是在出名的百貨公司裡，所以也常常有明星來吃飯，我印象最深的是「林隆璇」，那時他可是當紅的才子呢！我的印象很深刻，因爲他每次都是點我們店裡的招牌「青椒牛肉炒飯」。當時的生意很好，只要到用餐時間常常座無虛席。很累，真的很累，我累到一整天沒吃沒喝也忘了上廁所這一回事，半夜因爲膀胱急性發炎，嚴重的血尿把母親嚇到軟腿心疼不已，母親後悔幫我圓夢。原本的老闆也是廚師之一，有一天他告訴我他已另尋高就並且要我不用擔心，他要我將原本的大廚辭掉然後他會請他弟弟來幫忙，這樣可爲店裡省下一筆開銷（這是我犯下的大錯之三——心太軟）。當我支支吾吾的開口跟大廚說明要他離職時，我又犯下大錯——當了替死鬼。這位大廚做菜非常好吃又很盡心的幫店裡省錢，我是沒有任何理由要他離職的，當時年紀太小不懂人心的險惡才會一步步讓自己成了代罪的羔羊。我萬萬沒想到這位大廚會打電話給媽媽，他跟母親說：「我從來沒有這麼丟臉過」，這位大廚的盡責當然母親是都知道的。我挨了一頓了母親不捨的責罵。因爲母親知道我是涉世未深被人利用了，我拼命的解釋著，有一種跳到黃河也洗不清的心情。接下來的日子更是不好過，這位弟弟來接手廚師的工作當然遜色很多，但我礙於他是原本老闆也是股東的弟弟，所以也不便多說些什麼，客人的嘴巴是非常挑剔的。沒多久，來客人數也漸漸的往下滑。

L總是會在該出現時出現。偶而進來晃晃說她很忙，不然就進來查查業績，好像她是幕後的大老闆，這時候又有讓我情何以堪的耳語出現了；有人告訴我L當初拿出來的六十萬只是幌子，後來她姊夫就馬上還給她了，一起拿著現金給她姊夫的我，實在是不敢相信，我的好姐妹是爲了錢騙我。這位「有力人士」要我好好想想，這家小小的西餐廳是開在百貨公司裡，他們早知道原本的老闆已悄悄的將股權轉移，餐廳是做抽成的，沒有租金的壓力哪需要一百五十萬轉讓金的天價，他斬釘截鐵跟我說……我真的是被騙了。這件事對我而言當然是晴天霹靂，我氣到全身發抖，都快腦充血了，決定要找

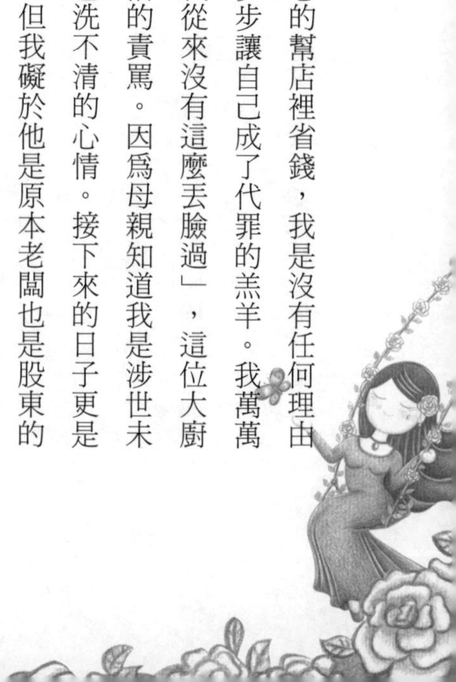

L和她姊夫談判。這件事鬧的很大，不只我們雙方全家出動，還動用到……黑道。L的姊姊也來找我相談，問我：「妳們兩個原本感情這麼好怎麼會鬧成這樣？」，我將這些日子在店裡的情形跟L的姐姐說了，他們是自家人最知道這是怎麼一回事。原來L的母親在生她時希望是個男孩，L從小就覺得自己很孤單而且不受重視所以言行舉止也比較偏激，L忌妒我……母親如此疼愛，男朋友也對我那麼好，L起了妒忌心讓她想要毀滅我。我心裡好難過……我真的不知道我的種種竟然會讓這麼要好的姐妹想要傷害我。L的動作也讓我的心更明白了，破天荒的她居然跟我約時間要「好好的談談」，我的憤怒當然都寫在臉上，我質問她：「妳根本就沒有付錢對不對？妳假裝先付錢，然後妳姐夫事後還給妳。」，L只問句：「是誰說的？」，我將我聽到的跟L說了，L一下沉默，一下話不對題的，我知道我沒誤會她……，因爲她姊夫早已願意還出我母親投資的六十萬了。

我的確是很幸福的，在人生的路上有母親相伴時時提醒我做人做事的道理，經過這件事後，母親也未曾責怪我認識朋友不清，要我以後交朋友千萬別一下子就掏心掏肺的都給人家去了。其實……我又何嘗不受傷，腦子裡回想著我跟L說的小秘密，回想著她跟男朋友吵架我陪她到處覓情郎，一起唱歌一起喝著紅酒說心事。這些種種都在我的記憶裡未曾抹去……。

L你知道嗎？這世界真的很小，我在逛街時遇到你的「前姐夫」，當時我帶著我的大兒子小乖呢！也看見了那時候還在強褓中我抱過她……妳的外甥女，妳這位姊夫真有本事，餐廳事業越做越大，看到他我還是熱絡的打招呼；妳還記得我倆也曾在街上相遇過嗎？可惜再也無法重拾往日的友誼，這麼多年過去了妳好嗎？我知道妳嫁到香港去了……我知道妳也曾經後悔過，可惜妳實在傷我太深再也無法彌補了；不過，我還是想跟妳說……祝妳幸福……。

24. 璀璨夫人

很多都很好奇……爲什麼我給自己起了個「璀璨夫人」這樣的暱稱。大家別小看這四個字，可是花了我很多「自得其樂」的想法耶！

在創業之初身邊的資源是很匱乏的。什麼都沒有，什麼都不懂。我真是個很自在的人，什麼事情都隨心走，走到哪算到哪。沒有任何計畫，我自己就是計畫。很多人在創業之初都有本企劃書，洋洋灑灑的好厚一疊。而我……只有寫得亂七八糟我自己才看得懂的筆記和一顆讓自己就緒的心。商場如戰場這我是知道的，沒有計畫的在戰場上亂跑實在很危險。恐怕是未戰身先死。我似乎天生就有著可以很「自得其樂」的個性。且戰且走居然也讓我走出個「璀璨花園」來。

「網路行銷」對於我這個「什麼都不懂，什麼都沒有」的新手而言，真難。難到……就像是啞巴吃黃蓮一樣的苦不堪言。光是架站這件事就快苦死我了。我可是爲了架設網站、學習網路行銷才買電腦的。買了電腦之後，我差點沒把電腦像神一樣的供奉起來。因爲「電腦大人」常常跟我拗脾氣。敲鍵盤—我可是點到爲止，用滑鼠—我可是輕柔撫摸。偏偏只要我手碰過就會壞，電腦工程師也被我「盧」的用掛了三、四個。大家只要聽到「劉小姐」打來的電話都會頓時就從地球上消失。不過，這樣也讓我越挫越勇，我就不信我劉小姐會被「電腦大人」打敗。大家都怕我，我就自己修。大不了搞的雙手漆黑雙眼發直而已，對吧？

老爺常問我：「劉小姐，妳的腦袋裡到底裝了些什麼啊？」我也常常問我自己。我是個很愛作夢的人，但從另一個角度來看我……這就是所謂的築夢踏實。我跟老爺說：「我只不過想要二十四小時都有錢賺啊！」網路是最方便的了。不用開店請店員還要受店員的氣，我還可以睡很晚，不用付房租、水電受房東的氣。總之，好處實在太多了。網路二十四小時都開著，半夜有會有人買東西，我只要睡飽起來弄弄訂單就有錢了。哈！連作夢也會偷笑吧！

事實證明……我真在作夢。

網站架好了，我就每天抱著電腦祈求上天趕快落下金條給我。一天、兩天過去了。一個禮拜、兩個禮拜也過去了。一個月、兩個月又過去了。我等到花兒也全謝了。一張訂單也沒有。老爺說話了：「劉小姐，我看妳乾脆去開個部落格算了。」。聰明的人出點子，笨的人出勞力。誰聰明……誰笨……盡在不言中。

我真的是個「什麼都不懂，什麼都不會」但是又極有天份的人。

連電腦開關機都是買了電腦才懂的，這樣也能自己架站。任何軟體都沒學過，就靠著手邊買來的書研究研究也能自己設計圖、修修照片。什麼事情都難不倒我。老爺就會說：「妳比較厲害，妳自己想辦法！」這又證明我立志嫁個猛男是對的，因爲這種小事怎能勞煩猛男出手。猛男的作用是天掉下來時由他去頂著，天還沒掉下來當然他也起不了作用。「開部落格」這件事，還是得由我這個能出出天份的人頂著吧！我兩眼發呆看著部落格裡的說明，有看沒懂。你別笑，我就不相信你都懂。苦死我了，爲了證明我是極具天份的人在電腦前足足坐了一天才搞懂。

開部落格這件事好辛苦。打文章對我而言好難，難的不是「文章」而是「打」。鍵盤不熟悉常常找不到字，最糟糕的是連中英文都切換不過來。一個下午才能打好短短的一篇文章，你說……能不苦嗎？

這都不是重點，重點是我爲什麼要叫做「璀璨夫人」對吧？是這樣子的……

看到暱稱……我傻住了，我問老爺：「我該叫什麼阿？」。我真是白問的，接下來都是我的自言自語。

「一定要和璀璨花園有關」我喃喃自語

「嗯……叫個璀璨什麼的呢……」

「璀璨小姐……」

「不行……怪怪的」

「公主……我喜歡當公主」

「老爺阿—叫璀璨公主可以嗎?」我又白問了

「不行!叫『璀璨公主』好噁心」我看了老爺「奇怪」的笑容後自問自答

「嗯……怎麼辦呢?……大家都有暱稱耶」

「對了」我大叫

「就叫『璀璨夫人』吧!」

「因爲我希望能做到八十歲，等我八十歲時叫我璀璨夫人也不會怪怪的」

「總不能創業到了八十歲還要大家叫我『璀璨小姐』或是『璀璨公主吧』」

「好啦!就這個」老爺開口了耶

就這樣定案……我成了「璀璨夫人」。

剛開始要自稱「夫人」心裡還真彆扭。聽到會員打電話來要找「璀璨夫人」我都

好心虛，有時候還會不小心笑出來。現在……我很驕傲的成了大家口中傳說的「璀璨夫人」。最厲害的是我的格友。他們自己會幫我分配位置，有些叫我「璀璨」，有些叫我「夫人」。不過我還是想說……請叫我「璀璨小妹妹」或是「夫人小妹妹」會更貼切。怎樣叫我都可以；千萬……千萬……不要叫我「璀璨姊姊」或是「夫人姊姊」我可是很介意的。嘿嘿！

25. GENE

這個世界上或許真沒有天會落下紅雨這回事兒，也沒有天落金條這種事兒。但是，我相信天上真的會掉下來禮物耶！你不相信阿？我可不是在唬弄你。我相信的原因就是因爲我真收過天上掉下來的禮物，這禮物還不小呢！就一個人那麼大。

「我跟總裁抱怨這個女人不曉得怎樣作生意的，留言給她也都沒回，這樣是怎麼做生意阿！」Gene 坦白的跟我說她愛上我的經過。「我也不知道哪來的勇氣打電話給妳，本來想要罵妳的。結果……一聽到妳的聲音就沒辦法生氣了。」我也真沒想到原來我的聲音有「撫慰」人心的作用。

「友誼」——這東西也是一種前世修來的緣分吧！怪不得 Gene 老說我是她前世的情人。要不怎能有這緣分，遇上了就爲我癡狂。

起先，我就把她當作是「茶迷」（劉若英小姐的粉絲）來看待。這不過分，因爲她就是啊！直到有一天她來對我坦承她移情別戀當了「叛徒」。「坦白說，我現在是夫人迷」哈！這般的熱情簡直把我給樂翻了。

就這樣我有了天上掉下來的禮物「Gene」。一個爲了要買劉若英小姐「夢遊」演唱會紀念T恤而闖入我世界的禮物。

第一次跟 Gene 見面，還真要感謝劉若英小姐二〇一〇年在台灣小巨蛋「脫掉高跟鞋」的演唱會。這位叛徒叛變的還真有理。她說：「我從來沒買票看過演唱會，想來的原因是因爲可以看見妳」。這可是第一次讓我感覺自己比偶像還像偶像，差點沒樂暈了。

「脫掉高跟鞋」這場演唱會的主題跟我當下的遭遇還真是吻合。我因爲左腳拇指去動手術，別說是高跟鞋，連穿拖鞋都很挑。我跟 Gene 說：「妳別太指望我能去看演唱會，因爲老爺在大陸打拼，我腳開刀不方便行走還帶著兩個孩子，恐怕真是寸步難行阿！」其實我心裡是很篤定我是沒辦法去的。

演唱會當天早上我還在臉書留下「請大家大聲幫我唱」的字眼。心裡很落寞。老爺在大陸打拼，我在台灣一個人帶著兩個非常調皮的兒子又要工作，身體和心裡的疲憊是可想而知的。當天身體非常的不舒服。給兒子吃了午餐之後碗沒洗、地沒掃，家裡一團混亂。我再也提不起力氣了……上樓躺一躺。才躺半個鐘頭我的手機響起了。我實在是累斃了。心裡抱怨著到底又是誰阿?真是沒歇會兒的命噢!想要好好休息一下都不得安寧。看著手機的來電顯示「姐姐」我眼睛馬上明亮起來，像是被閃電打到一樣。心裡大喊：「我死定了，我死定了。」接起電話，姐姐劈頭就問：「妳出門了沒？」。接下來的情形就是……看了時間，我只剩下一個鐘頭。我像是發了瘋似的衝下樓，把兩個玩得像是墨魚的兒子抓回來丟到浴室裡趕緊沖洗一番，換上「能看」的衣服。然後在臉書上通知 Gene 我會去，連打電話的時間都沒有。在即時通上跟老爺說我要趕到台北去，勿掛念。還要整理換洗衣物，晚上要回娘家住。趕到車站剛好搭上車。慘的是……花了時間整理好的換洗衣物居然躺在家裡床上……，兩個兒子還穿著拖鞋……。

在車上我可是一刻都沒閒著。因爲我從來不披頭散髮的見客，更何況是要跟我的超級粉絲見面。深怕我黃臉婆的模樣跟照片中的我「出入」太大，會讓她倒退三尺。翻開包包拿出預備好的化妝品來打扮一下。車子實在是很顛簸，化妝只是希望讓自己不要倦容滿面，能氣色好一點。不過，妳知道的，我很愛漂亮，畫著畫著連假睫毛都想戴上。車子的搖晃讓我差點沒將假睫毛黏到鼻子上了，作罷。

終於見了面。雖然是第一次見面，不過我們彼此其實是不陌生的。下車的第一眼我就看到了那張熟悉的面孔。雖然住得遙遠，但是每天都會透過無遠弗界的網路看看彼此的生活。說真的，我很忙碌，有時後腦袋裡並沒有辦法裝太多我覺得不是很重要的「東

西」，更正確的來說，是無法裝下跟我工作無關的事情。但是 Gene 從來不會忘了我和我兩個兒子的生日。生日還沒到，她的心意一定在生日之前就送達。而我……老記不起來她的生日。她的熱情逼的我一定要把她的生日嵌在心裡。我不是偶像明星，也不是所謂的網路紅人。能有這樣粉絲實在讓我太驚喜了。

Gene 說我是有多重性格的人。她的眼光很準。我多重性格的原因是我每天要扮演很多的角色。一下子是人母，一下子是人妻，一下子是女兒，一下子又是璀璨夫人。很多時候我也快搞不清楚我是誰了。我更怕的是，如果我呈現最不完美的自己是不是會讓Gene視我爲偶像情境幻滅。不過，我發現她可不是突然衝出來視我爲偶像的。其實，她觀察我很久，我所有的一切他都非常清楚。有時候，我會想該不會連我有幾根腳毛她都知道吧？她就是這麼的關心我，讓我受寵若驚，更可以說……我快被她寵壞了。

我們一家子都愛她。收到包裹小乖和小威連都會說：「當璀璨夫人好好噢！常常都有禮物。」不過，Gene 從來不偏心，小乖、小威連的玩具都是這位也很愛玩玩具的「Gene 阿姨」送的。本來覺得我的私生活似乎受到了監視，慢慢的……我中毒比她深。只要幾天……好啦……一天，只要一天感覺好像沒被她「騷擾」我就會心煩意亂，這很怪吧！應該是被「騷擾」才會心煩意亂，現在全顛倒了過來。不知不覺中 Gene 像是我家的一份子，像是……妹妹……像是……我最好的朋友……像是……該怎麼說呢？對了……！像是我的影子。從此跟我的生活分不開。

有一次我在臉書上寫著「不知道有沒有人敢來當我的助理」。Gene 問：「我有一個疑惑……不曉得妳敢不敢請我當妳的助理？」。我答：「我只是心裡在想，因爲實在快忙壞了，還沒有真的要請啦，別急阿！」。其實我真正想說的是……不是不想請妳，妳就知道我難搞。我怕哪天妳跟我發脾氣時會說：「劉小姐，妳他媽的真難搞，去死啦！」哈哈……不過沒關係，我還是會很樂的。

想到妳我都會甜甜的笑耶！我真的很想跟妳說，妳這輩子做對了一件事，就是一定要買到那件「夢遊小熊衣」，就這樣遇上了妳前世的情人。真勇敢，妳真勇敢。妳還真是第一個這樣大膽跟我「示愛」的人。妳到底對我做了什麼事我倆心裡都很清楚。妳只不過在任何我心情不好的時間都會即時出現，妳只不過在網路上要跑好多地方看看我的動向，在我哭的時候陪我哭，連半夜我在哭的時候都會接到妳的電話。謝謝妳在得知我要出書時給我這麼多的鼓勵和動力，一切都是因爲有妳……。

我知道的，我知道……妳真的很愛很愛我，希望有一天我變成白髮魔女，十指形同枯枝時，妳還能跟我說……我笑起來很好看；在我的床邊跟我說…妳依然很愛很愛我，下輩子還要跟我做朋友。讓我闔上眼歡歡喜喜的投胎去……我們下輩子還要再見……。

26. 人生中的意外——劉若英的二手衣

我的人生像是場歷險記，沒有所謂「我不會」或是「我做不到」的推托之詞。我拼命的追趕我自己，不讓自己的生活留下空白……。我只想要活的值得。

「生活的壓力是爲了要換取生命的尊嚴」我一直是這樣覺得的。有了生活的壓力之後你會努力向上爬，這就是你有尊嚴的開始。

自從手因爲腕隧炎受傷開刀之後就再也無法繼續中國結藝的工作了。自己作生意習慣了，要找工作總覺得拉不下臉來。懷裡有嗷嗷待哺的兒子，每天除了開門的七件事——柴、米、油、鹽、醬、醋、茶之外，還多了奶粉、尿片和一大堆嬰兒的必需品，生活陷入了困境。我覺得生活的苦不是在於你要穿多好、吃多好、用多好，但是基本上生活的維持是一定要的。而且沒有了工作後，家人、旁人、朋友看你時就是有著那種「怎麼辦？」「唉！」「可憐噢！」的深邃眼神。雖然他們口裡不說出來，這些可憐的字眼兒全流露在他們的眼裡。這些「眼刀」早就把我的心割的亂七八糟的。這感覺真的是好難受。

劉若英

姐姐（劉若英的姐姐）是很疼愛我的，我感激上天給了我一個這麼好的姐姐，是我的我貴人。常常與老爺抱著小乖去找姐姐聊天。姐姐是個做事情非常有條理的人，身邊的資源也相當豐富，她從來都不藏私竭盡所能的幫助我這個沒有任何血緣關係的妹妹。

一天，姐姐看我們這樣下去也不是辦法，問我和老爺：「你們對明星的二手衣有沒有興趣阿？我妹（指的是劉若英）那裡很多耶，還有其他歌手也爲一堆衣服沒地方擺煩腦著，或許你們還可以賣些二手名牌貨。」。當然好，我跟老爺就這樣滿懷著希望抱著小乖到處找店面。想在台北開店卻住在台中，我跟老爺商量著所有的可能。輪流看店…不行，因爲沒有多餘的銀子可以請人。搬去台北住，不行，因爲對不起將原本出租的房子收回，又花了大把銀子整修房子的老人家。走網路行銷這條路，不行，別說會不會，我們連台電腦都沒有。就這樣打消了念頭。

劉若英還不是大明星時我就認識她了。後來，她當明星，我也爲人妻爲人母。生活環境不同也很難得見面。偶爾在姐姐家會遇見她，其實……她真的沒有大家想像中的難搞耶，反倒是我家老爺很難搞。有一次在姐姐家，她出門去，我和老爺、小乖顧家，我正轉頭想去陪小乖睡個午覺，門鈴響了，以爲是姐姐忘了拿東西。真是開門見喜，居然是奶茶來了。這是姐姐家，奶茶當然很自在。我家老爺「失常」了。居然一直招呼著奶

茶，問她要不要喝飲料。奶茶說：「不用了，我要喝什麼自己來就好」，我家老爺不死心耶！「喝咖啡好嗎？還是要喝果汁，還是要其它什麼的我去買？」老爺居然當起主人來了，用超乎你所能想像的熱情招呼著。只差沒說：「Tea? Coffee? Juice or……me?」。我看著老爺拿出他此生最大的熱情，從本來的熱情招呼到後來近乎哀求奶茶喝杯飲料吧！我無法袖手旁觀了，跟老爺說：「哎呀，這是姐姐家耶！你怎麼當起主人來了？」。這樣你能想像當時我頭上有多少隻烏鴉盤旋飛過嗎？奶茶經不住我家老爺如此熱情的招呼，終於阿……終於要了杯……水。這樣看起來奶茶其實很好搞吧！哈！

相信我，人真的有無限的潛能。這潛能可不可以被開發出來……事在人爲阿！老天爺替你開了疆，土就要你自己闢了。

不自量力這件事情我從來不做，在決定任何事情之前我都會掂掂自己的斤兩。我非常清楚的知道自己的能力。在璀璨花園漸漸上了軌道後，我對於電腦也較熟悉了。打個電話給姐姐問：「姐姐阿！奶茶的二手衣還要不要做呢？」問這件事距離上次跟姐姐相談要做拍賣二手衣約有快兩年之久了。姐姐說：「我看算了，妳住那麼遠要拿衣服也不方便」。我從不強求任何事情，一切隨緣就好。

很多事情的發生不怕突然，就怕你沒準備好。就這樣……又過了大概兩個月吧。

姐姐打電話來問：「韻慈阿！我妹要我問妳，妳要不要幫她拍賣二手衣阿？這可是你跟我妹之間的事噢！不甘我的事，妳們倆自己去解決」。就這樣……已經準備好的我當然接下了這份在我人生中的意外的工作。當然，以奶茶的知名度要找任何人幫忙拍賣她的二手衣，我想應該會有很多人搶著做。聽說，找我的原因是因爲姐姐說：……「我很乖」。

約好了時間去奶茶家幫忙整理衣物，第一次幫明星作二手衣拍賣，心情是興奮和緊張的。興奮的是，這可是我從來沒接觸過的工作，緊張的是……我想大家應該很清楚，聽說，某奶很難搞。難搞這件事情……誰怕誰，我也很難搞，嘿嘿。

在奶茶家整理一些要拍賣的衣物時，其實有好多件夫人都好喜歡而且都是全新的。我邊整理著便不自覺碎碎唸地說：「我太胖了！沒一件穿得下的。」沒想到……語不驚人死不休的姐姐從房裡走出來對著奶茶說：「找韻慈做就對了！反正她那麼胖，也不用擔心她會偷穿妳的衣服」。姐，算你狠！這個狠心的姐姐一針見血。不過還是沒刺激到我該減肥了的決心。哈！我很難搞吧！

奶茶問我：「這些衣服妳要怎樣 Promo？」說實在的我還真沒想過。看到這堆衣物還真有點兒傻眼，我腦子裡想的是該如何整理、拍照、上架。光是這些事情就夠忙上好

一陣子了。「就先放在我的網站上拍賣吧！」我說。不過還沒定案呢！因爲奶茶畢竟是大明星要考慮的事情很多。回家後幾天我收到了奶茶的 E-mail，信上說小公主希望放在拍賣網站上，畢竟入口網站的流量比較大。但是我有不同的看法，流量大不代表你就賣的好，拍賣網站上規則多，一不小心我很有可能會有負面的評價。上面的買家多賣家也多，龍蛇混雜的結果會將事情搞的更複雜。我回信給奶茶說：「請妳放手讓我試試看吧！」。看到奶茶回信給我的「OK」我知道……我不能辜負奶茶的信任，也不能讓姐姐失望。

我跟老爺分工合作，他負責拍照，我負責上架和其它一切的雜事。痛苦極了，跟這位老人家合作真是有理說不清。我對於照片的要求很高，他怎麼拍我怎麼不滿意，老爺還曾經拍到一半對我放話：「劉小姐，我跟妳說，我沒那麼好的拍照技術，妳要的那種我拍不出來。如果妳硬要這樣，等一下我拍到一半飆出三字經妳不要怪我」。我理他了沒，沒。我一樣堅持，他罵了沒，沒。因爲他敢罵我一定去告「御狀」。我相信人的潛能是可以逼出來的，雖然這個過程雙方都會很辛苦，但我只求值得。沒有要求就沒有最好，就算沒有做到最好，但是在這個過程當中是一種難得的學習。我學習著該如何要求，老爺學習著該如何滿足我的要求而不開罵。其實老爺的脾氣很好，能被我折磨到想要飆出三字經，多不容易阿！該難搞的時候就要難搞，是我做事情的原則，即使是被罵、被不諒解，我都相信被要求的人得到的是最多的，有一天他會感激。因爲當初我也是這樣被姐姐要求出來的，一直到現在我都心存感激。

偶像的魅力果然是不容小覷的。一切就緒後，我在部落格裡宣布了璀璨花園要另開一個「劉若英二手衣拍賣網」。太不可思議了……我叫著跟老爺說：「這些粉絲打哪兒來的阿？好厲害、好厲害，他們是怎樣知道這個消息的呢？」我平常不追星，我追著兩個兒子跑都來不及了，哪來多餘的時間追星。所以我也探不了門路，不懂到底該如何宣傳。我有部落格，流量不錯，格友的水平也高，放上去該有些效果吧？我也有網站，再弄個文宣放上去。更厲害的是，我將這個消息作成電子報發送給我的會員。就這樣「鼠碑傳銷」+「口碑傳銷」+「偶像的魅力」，讓二手衣一上架就賣出好成績。

印象最深的是有一批二手衣，我花了快半年的時間才全部上架完成。大家一邊等一邊拍下自己看中意的。我實在是很忙碌，老爺當時在上海工作，家中有兩個兒子要照顧。我還要處裡很多公事，在網上回答會員的問題、寄貨、接聽電話。兩個兒子還小，雖然小乖上幼稚園了，但小威連還是強褓中的幼兒。每天的生活只能用團團轉來形容。二手衣上架的工作我只能留在半夜做，做做停停一晃就是半年。我只能說奶茶的粉絲是一級棒的，從來就沒有抱怨的耳語傳到我這裡。大家只會「弱弱」的問我上完架了嗎？

其它的什麼時候會上架呢？感動的是，大家知道我真的很忙碌都會關心我的健康，一邊「趕著」要我上架，一邊要我慢慢來不要熬夜傷了身體。我當然懂大家的心情，我也允諾大家我會「慢慢的」「快快」上架。我想如果是其他偶像的粉絲，很可能我是會被抱怨的吧！（我猜想啦！）橘子們（劉若英小姐的粉絲又稱橘子）的守秩序和體貼是我在當時最大的欣慰。不然真的會因爲內疚而辭職不幹了。

姐姐曾經跟我講過一句話讓我終身受教且難忘。她說：「韻慈，這麼多年來我覺得做事情就只有一個方法，就是……不嫌煩」。姐姐，我受教了。在每一個人的人生旅途上一定會有很多的不順遂。光是幫奶茶拍賣二手衣這件事之繁瑣，我想大家可能很難想像。從衣服拿回來後的整理、拍照、量尺寸到上架，一件衣服就要花半個鐘頭的時間完成。不論這件衣服拍得掉或拍不掉我都要做這些事。沒有耐著性子和大家的殷殷期盼我真會打退堂鼓。還好，我堅持下來了。奶茶和姐姐也是體貼的，知道我的生活很忙碌也從來不催促我。我對我自己負責，我對我將來的人生負責。任何事情要做就盡力去做，在我人生準則的字典裡多了「不嫌煩」三個字，貼在心上。與大家共勉之。

對了，我一下劉若英一下奶茶的，大家不會錯亂或是以爲我寫錯了吧？順道再幫劉若英小姐響亮的別名跟大家複習一下，就是「奶茶」啦！

27. 給父親的一封信之五（寫于二〇一二年四月二日）

親愛的爸爸：

原諒我，您的新墳在修的時候都沒能去看看您。心裡相當愧疚。

替您修了新墳，您一定很開心吧！二十四年了……這座舊房子的地，也經不起時間歲月的摧殘裂開來。當時，在您的墓旁種了幾顆小松樹，二十幾年後變成了大松樹；修理墓地的師傅說，其實，墳墓旁不適合種大型的樹；因爲濃密的樹根會紮的很深，聽說還會穿破「小房子」。我們怎麼捨得您現在能安安穩穩睡的小房子被樹根破壞擾了您的安寧，更不捨您的大體被樹根傷到。我們已經夠痛的了，無法承受再痛一次。

新墳修的好漂亮、好高雅，大理石灰白冷色調就這樣定了我們的心情。放下祭拜您和土地公的水果、金紙，我到處看看、到處摸摸。當然又是免不了要傷心的；小乖和小威連還小，要他們理解我的傷心真的好難，還要忍住隨時會潰堤的眼淚回答著他們的問題更難；您都聽到了吧！我要解釋著您睡在哪裡？又要解釋著爲什麼您會……死……；對於孩子而言，他們是有權力知道的，對於我而言，那卻是一個多不想再說的過往。

我在您墓碑前轉來轉去，來來回回的走了好多趟，想起……我帶了濕紙巾來，就是想要將您的墓碑擦拭乾淨，看著墓碑上您帥氣的相片，我硬是將眼裡的淚水吞了下去。如果我說：「我好想您」這樣子的話，對於您、母親、我和妹妹而言都太殘忍。本來想著，要去墳上跟您說好多開心的事，偏偏一句話也開不了口，我的淚水比聲音爭氣多了，總是搶先一步展現他的氣魄……眼淚也是有個性的。

從皮包裡拿出兩個十元硬幣，站在墳前，雙手合十，問著：「爸爸，原諒我去年沒來墳上看您，剛好腳開刀不方便，但是都有抽空去廟裡祭拜您，我帶著您女婿、小乖、小威連來看您了，您知道嗎？」兩個十元硬幣在地上滾阿滾著的給了我答案……您很不開心；我無奈的說了又說，兩個十元硬幣丟了又丟，您怎樣就是給我不開心的回答。我拉著小乖，讓他跟您說去，想必您是在撒嬌吧！給了小乖「笑笑」的答案，您的女婿看這樣也不是辦法，輪他跟您說去。結果，跟您給我的答案是一樣……不開心，多無奈啊！我鬧著小威連要他也跟您撒撒嬌，這個臭小子跟我一樣倔強，他偏不肯跟您說說話，拿了硬幣就往地上丟，果然……疼愛孫子的您看見他這樣像我，連臭脾氣都像……還是生氣，哈！

放下硬幣我跟您女婿說著：「我爹不知道怎麼搞的……哪有人這樣，怎麼說都不開

心」。心裡卻一直想著，待會兒焚燒金紙給您後到底還能用什麼計謀讓您開心呢……？

我們心靈是相通的，您的不捨我感覺到了，這種感覺好奧妙；繼續將兩個銅板拿起，雙手合十說著：「爸爸，我知道……您捨不得我這樣匆匆來看您，又要匆匆的走。我知道……您不是不高興，是……很捨不得我們相聚的時間這麼短。親愛的爸爸，您乖乖阿，我答應您很快就會來看您，等書一好，我一定會帶著書來焚燒給您看，讓您看看我們對您的思念，好嗎？等等我……很快就會來看您」。將銅板丟在地上……您女婿、小乖和小威連都摒住呼吸看著不停在地上轉圈圈的銅板，比看樂透開獎還緊張耶；終於，您開心了。

親愛的爸爸阿！我們對您的思念有多深您一定都知道。我總是將頭埋在自己的臂彎裡，將傷心蜷伏在自己的懷裡，就這樣定格在回憶裡動彈不得。思念和回憶是有重量的；我總是說，出書就是爲了要將思念放下，卻萬萬想不到，我是將思念的心情轉移，重重的壓在這本書上，永遠無法擺脫；如何才能做到豁達的境界，恐怕是我這輩子最難完成的功課了吧！

捨不下還是要捨下。小乖又在吵肚子餓了，實在無法多待一會，您的寶貝孫子真是能吃。唉！如果您還在的話就好了……；母親曾經爲了您誇下的海口哇哇大叫，您說，如果以後我們誰生了兒子要給您帶，所有的奶粉錢、尿布錢、學費，您都要全包了。唉！老天爺真是很故意，您三個女兒都生了兒子，我們多希望您能遵守承諾，偏偏，您食言了……。

寫這封信給您，記錄在這本書裡，焚燒給您之後，您一定要好好珍藏。等我有一日跟您相聚時，讓我們父女倆再來細細的讀這本書，喜悅的讀著……唸著……。到時候，我們父女倆一定不會再爲這本書裡的字字句句掉淚傷心了。

親愛的爸爸，我真的好捨不得離開這裡。希望能多陪您說說話，講好多孩子的趣事給您聽。原諒我在離去時還回頭跟您眨眨眼、擠擠眉的說：「等等我，不要捨不得我……書一好……我就來」。在您的面前，就算我活到八十歲，我依舊還是那個小女孩，愛撒嬌、愛耍壞脾氣、愛施些小伎倆讓您疼的小女孩。不許您說真是受不了我，口是心非這樣子不乖阿！

回頭再跟您說說話的當下，想起墳上花瓶裡擺放的鮮花，那是母親和妹妹來帶給您的吧！免不了流於一般傳統的習俗，上墳總是帶上菊花祭拜。我答應您……下次我會帶著玫瑰來，一大束鮮紅的玫瑰……。

如果可以
我願做你身上的一片葉
春來發芽
秋臨飄黃
落葉歸根時
在我幸福之處

28. 化悲傷為一座璀璨花園

看見落在你身上晶瑩的露珠，我忍不住撫拾親吻。你身上的露珠是甜的，滑落在我唇上的眼淚是鹹的。甜鹹交雜的滋味成了思念的苦。滾燙的淚水灼傷了我的雙頰，融了我的心。我有多愛你……你是知道的。我捨不得剪下你，希望你能依著「生、老、病、死」落葉歸根，那是何其幸福的一件事阿！黛玉葬花……以土覆蓋逝去。但，能不能就此讓時間的河流停止呢？

親愛的爸爸：

今晚真是難熬。有千言萬語的我居然下不了筆，來回的在時光的軌道上踱步著；想著，該如何將我記憶裡的片斷組合起來。一下子……我竟又酸了鼻、紅了眼。我很生氣，氣我自己。面對未來，我總是能昂首闊步充滿自信的前進。回憶過去，我居然只是一根堪不起任何風吹雨淋的稻草。夜好深，我思念也好深……原諒我一直起身在回憶的軌道上踱步著。我是貪婪的，我承認，忍不住深深吻著屬於你的氣味。我只是……想念……。

人生不就是這個樣子嗎?失去了之後才懂得想念，鬆手了之後才想要抓緊，離開了之後才想要更靠近。人心多難測阿!

我想，永恆不變的絕對不是思緒，而是回憶。因爲回憶是過去式，回味其中的滋味時，腦海裡也只有過去已被時空束縛住的景象。但是，當下的思緒很有可能被任何小小聲音，或是任何突如其來的想法改變了。當回憶碰上當下的思緒時，就是內心與現實交戰的苦海。我怎能……我怎能勉強我自己不去想您。唉!

好想您，好想您，好想您。每次回憶起過去，我都用盡全身的力氣喊著：『我好想您』。可惜，這聲音只能在我的心谷裡迴盪、盤旋、低鳴著。能嗎?能傳到您身邊去嗎?多希望能跟您說聲抱歉……沒能保住曾經很璀璨的小花園。每次，一想起這個曾經讓我們在上面揮灑過青春的小花園，嘴角微微上揚，我溫暖的笑著。心卻像是久未逢甘霖的泥土乾裂開來。

閉上眼，我都還能看得見……一個嘟著嘴，滿心不情願的小女孩被父親緊緊的牽住手，走去花田裡買花。一趟又一趟的在花田裡穿梭著，就只爲了要讓那陽台上小小的花園生氣蓬勃。

小女孩生氣了。因爲，嬌滴滴的她就是不喜歡走路，更何況是在炙熱的午後。但

是，父親是她最溫柔的情人，最懂得如何將小女孩哄得開開心心的。他說：「妳好乖阿！妳跟爸爸去買花，都讓妳挑，只要妳喜歡的我全部都買回家。」。小女孩開心極了！她其實早在花田裡聞過每一種花花草草，而她早也就選中……玫瑰。

父親也愛玫瑰，這是小女孩從來都不知道的阿！她怎麼可能會知道呢？與父親聚少離多，能相處的時間少的可憐阿！或許，這也是流著同樣的血脈，有著心靈相通的另一種相處方式吧！

親愛的爸爸，要將瞬間的回憶串成永恆的追憶是很辛苦的。我也不知道如何將生命的過程鎖在記憶裡。如果您願意……我真的可以用我的一切來換回您，只求不再分離。失去任何的東西都不可惜，惟獨……失去您。這是我心中一輩子的痛，痛的好深……好疼……。我將想念您的每一字、每一句化作文字滋潤我的心，用來填補這深深的裂痕。我用我的生命期待著，在這深深的裂痕裡可以開出璀璨的花朵。

您走了之後，這座小花園任誰都沒了氣力去灌溉除草，多看一眼就多一份傷心。待我發覺時，母親早已悄悄的請工人將這些您親手栽種的花花草草連根拔起清除掉了。我的好心痛，語帶不悅的問母親：「爲什麼要這樣子做呢？」，「唉！亂七八糟的，我沒有心情整理，算了……」。看著母親帶著傷感又複雜的表情，我腦袋裡一片空白久久說不出話來，也自責著沒爲這座小花園灌溉除草。那我呢？我的心都用到哪裡去了……。

好多……好多個夜晚，我跪趴在地上寫下我對您的思念，沒有聲音的嚎啕大哭著。我將所有的不開心、委屈、寂寞、孤單、憤怒……一字一句的重重寫在很無辜的白紙上。我問月亮：「除了眼淚之外，我還能付出什麼？我到底能爲我的父親做些什麼？」，月亮給了我答案，我知道的……我知道的，答案早就在我心中了。

親愛的爸爸，當我決定用「璀璨花園」這四個字來作爲公司名的時候，您一定很欣慰吧！這是我們在夢中的約定。現實生活中想要有一座小花園不是很容易，但是，我可以將這座璀璨的花園深藏心中，每當我的心受傷了，去花園裡舔舐傷口，每當我的心被淚水浸濕了，去花園裡用思念將他晒乾。在那裡，我永遠都是個小女孩，緊牽著您的手……我一定緊緊牽著，不再嘟嘴，不再任性。有多遠的路我都陪您走。

很多東西，在年輕的時候沒有好好的把握住，讓它從指縫中溜走。多年之後，我有能力留住這些東西了，我絕不放手。

我親手種了好多的玫瑰……在這座璀璨花園裡，只爲您美麗。我將我的執著化作文字翩翩飛舞，飛去另一個國度裡；我將我的悲傷化爲一座璀璨花園，您是不是可以化成蝴蝶翩翩飛舞駐足在這座花園裡爲我停留……。

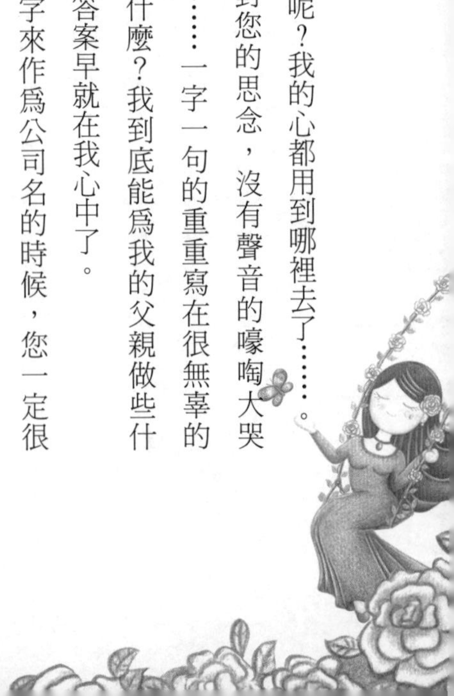

佳人倚窗前
凝月寄相思
請問君何在
風欲言又止

後記

Sabrina

我的情人

有一種關係「有點兒黏又不會太黏」、「有點兒甜又不會太甜」。這種關係讓我這個很平凡的人每天都能甜蜜蜜的過日子。有位「橘子」說：「這種關係叫做『曖昧』」。

跟我有著「曖昧」關係的你們是否是老爺的情敵呢？我似乎進入到了一種「無性別」的國度裡。網路上的暱稱讓我摸不著頭緒，熱情的我，對於你們的更熱情，怎能因爲性別而有差別待遇。只要來親親抱抱的我照單全收了。如果說人生是一本書，你們在這本書裡是最具色彩的一頁了。

幫劉若英小姐做她的二手衣拍賣是我人生中的意外，這意外讓我得到了很多真摯的友誼，這些可愛的「橘子們」是我每天整理這些衣服給它們拍照、上架到三更半夜的意外收穫——意外中的意外。

我喜歡叫你們「親愛的」，也愛用「寶貝」喚著你們，我更愛說：「你們都是我的情人」。喜歡你們隔空給我的熊吻和熊抱，在任何時刻裡都能溫暖我的心。真的有一種談戀愛的感覺。

謝謝你們在任何時間裡都接受我的胡言亂語、我的感性、我的眼淚、我胡亂炒的菜、我幾度要崩潰的情緒；你們總是那麼的懂我，忘不了我在網路上受欺負時，大家爲我挺身而出，把欺負我的人給炸了。嚇得人家馬上閉關他的地盤。忘不了，在我最孤單時你們給我的愛，是那麼的深刻，是那麼的溫暖，讓我再也無法脫身。

我已經將這友誼珍藏起來……藏在我的靈魂深處裡……慢慢回味，有了你們我的心不再荒涼。

最後放上你們的簽名簿，或許，我不能給你們在人生上一個滿意的解答。但是，在這本書裡，字字句句都是出自我的真心。

謝謝你們給的愛，我的情人們……。

5

好友簽名簿

沒有妳，我生命中哪來的奇蹟！——不為

璀璨夫人上得廳堂，下得廚房。在外事業出色，在家廚藝精湛。相夫教子忙事業，樣樣得心應手。——李家渊公子

夫人是我見過的勇敢而樂觀的人。以平日裡分享的平凡小事中仍然可見。灑脫的語氣帶著生活回憶給的絲絲甜蜜。讓人看了也跟著對生活充滿勇氣。——愛你的fish晶晶

夫人內心住著一個很會撒嬌的小女生——DZ 若謹

想知道夫人爲什麼叫「璀璨夫人」呢？不過，名如其人，夫人一定像玉石那樣璀璨，也許更璀璨！——六月de奶茶V

雖然最初因爲奶茶而關注夫人，但是因爲關注才發現了夫人的美、夫人的可愛還有夫人的才氣！總之，認識夫人很開心！——sdeden

雖然我和夫人沒有見過面，但透過文字，覺得彼此離的很近，願美麗善良智慧的夫人永遠幸福健康——BY 淩清雨

親愛的夫人：因爲奶茶知道的夫人，關注了夫人，經常會跟夫人在圍脖聊聊，覺得夫人好可愛好有趣，很喜歡夫人，感覺好親切，好平易近人，沒有距離感，偶爾的「熊抱熊吻撲倒」神馬的，感覺夫人像個小孩子一樣可愛有趣，就是喜歡夫人，肥美麼？嘿嘿！跟夫人聊天很開心，希望早點跟夫人見面啦——brendatingtin

嘿嘿嘿，相信你是獨一無二的。——瑾超

記得我跟妳說過嗎？喜歡妳如黃鶯般的聲音——靜皇后

每次看到夫人的微博都覺得生活充滿元氣！真是人如其名！因爲奶茶認識夫人！讓這個緣分繼續吧！——爬爬sV

雖然對夫人的認識都是在茶迷的隻言片語中瞭解到的。可以肯定的是，夫人是一位平易近人極具愛心的人！願夫人和奶茶永遠開心快樂！——shangxiufang

璀璨夫人。祝你繼續…如夜空中最亮的那顆星般璀璨、迷人。加油哦！——蘿蔔

雖然對你瞭解不是太多，但知道你是一個有愛心，熱愛公益的人。世界因為有愛的人而美好，支持你！PS：你的名字很喜感，嘿嘿！——by三聖

記得幫我告訴奶茶我愛她——媛子

今天看到的話，第一個給你。世界少了你可能會簡單一點，但是失去了你，將會不復存在。——蘇小湃 kim

原本陌生的人，隔著遙遠的距離，因為某些緣故，透過一個小空間，偶爾有些互動，雖然到現在大家談不上認識熟悉，但卻能真實的感受到彼此的真誠，彼此的熱愛生活，真好！——王晨葉

璀璨的背後，一位寫字的夫人是什麼樣子的呢？我很好奇，從這本書裡應該可以窺探些許吧。——璿璿

璀璨夫人 我愛妳的美麗！——Sherry

璀璨的光芒誰不愛呢?很想知道一個稱呼自己爲「璀璨夫人」的女人筆下的世界到底是怎樣的精彩過癮。——花露水爺爺

革命感情喔!嗯!因爲奶茶我們相識,不知不覺已多年!感謝她,也感謝你們走進我的生命!讓我的生活更加精彩!——楊希

恨不相逢未嫁時,幸得相伴闖天涯——心靈戰友堂主!

未曾看過真實的夫人,卻感覺到夫人的親和,每次的回覆都是那樣貼心。每每看到辛苦熬夜的你,相信你的付出會有最好的回報。夫人一家要一直快樂下去!——幽谷昭陽

高貴美麗又大方的夫人,我愛妳的智慧——張瑜群

「愛人者人必愛之」,「把別人擺渡到對岸,自己也會到達」!夫人就是這麼熱心的一人!祝夫人充分利用天賦之權,精神、財富收穫多多,學而不厭,天天向上,把自己的生活塑造得有聲有色,完美地實現自我價值!最後,出書愉快!——水水

就愛那個勇敢堅強,廚藝了得,和藹可親的夫人啊!哈哈哈!——好吃的百菜

拉著風箏線的那雙手沒有放。他只是為這風箏找到了另外一雙更大更溫暖的雙手，他知道那雙手永遠不會放，他知道他可以交棒了，他可以很放心的看著風箏更安穩的飛更高。而那雙手，成了風，陪著風箏跟小風箏，一起飛！有風、有手、有小風箏、還有蜜糖們，所以，飛，放心飛吧！累了，就放心休息吧！——Jing

人如其名！真璀璨——毒菇

認真熱情善良的美麗夫人唷！——憐兒

重情義的現代俠女——大乖媽

夫人上得廳堂，下得廚房，但這只是璀璨的一部分吧，我更期待看到夫人筆下的璀璨！愛親和的夫人，愛肥美的夫人，愛璀璨的夫人！——愛奶茶的藍色小熊

夫人，因為英英小姐而認得了你，雖然只是在微博裡的片語交流，但真的很喜歡你！願老爺、倆公子以及這位肥美的夫人，一家人樂樂呵呵！美滿幸福！我心中永遠璀璨的星！——巫巫茶

我是因為奶茶而認識你……瞭解你的……祝新書大賣啊夫人！——菁菁

因爲老劉結識夫人，然後默默的看見了那個善良，勇敢，賢妻良母，獨一無二的肥美的夫人。要幸福。——孔岱

夫人給我感覺很溫暖，很可愛，甜甜的，愛吃，哈哈！——youngs

璀璨背後到底是一位怎樣的夫人呢？愛吃？愛笑？愛哭？愛撒嬌？愛熱鬧？還是？我已經迫不及待了！——天使之名 NANA

給性感、溫暖的夫人，期待您的書！——老孫

夫人是玫瑰園的主人，夫人爲慈善做的很多事情在我眼中是值得尊敬和仰慕的。因爲有你生命不再是單色調的，而是豐富多彩的，因爲有你玫瑰園中充滿了愛的香氣。獨立，能幹，細膩，溫婉，善良的夫人，我要你快樂，我要你幸福。——署名：瑩兒

因爲奶茶讓我們認識了璀璨夫人，因爲愛我們聚到了一起，希望這本書能讓我們更瞭解夫人！——流浪

夫人：你讓我對「我愛你」這三個字有了更深刻的認識，很感謝我們的邂逅，我會永遠

記得你那笑聲，我愛你！永遠！夫人祝好——甯寧上

親愛的夫人，一直覺得你好親切，就好像我身邊的朋友一樣，很欣賞你的樂觀、你的可愛，希望你永遠幸福下去——粵糖張婧

夫人是我認識的非常樂觀幸福極具正能量的女人，要一直幸福下去哦！期待新書！——愛你的雅趣

我想我不需多說什麼，因爲一切盡在不言中——六妹

美麗善良的夫人，每次深夜裡得看著您發佈的美味，評論後得到回覆，都好溫暖。熱愛生活，充滿愛心的夫人未來會更好。——愛你的幽谷昭陽敏

夫人善良大方，幽默風趣，熱情有愛心，而且做得一手好菜，看到美味圖片都讓我們垂涎三尺，多少個深夜的努力和堅持，忘記腿傷和疲憊，依舊能完美的完成這部作品，讓我欽佩、敬仰，夫人加油！祝夫人全家福氣又安康！五百大賣！——愛你的「愛不走——璐璐」

夫人是一位樂觀開朗、聰明能幹、上得廳堂、下得廚房、家庭事業兩邊兼顧、而且顧的甜蜜幸福的性感肥美小辣妹——愛你的茶潔

看夫人的微博和夫人交流是溫暖的、甜蜜的，即使偶有苦澀也讓人覺得那都是快樂的調味劑——愛你的youngs

夫人有三個愛你的男人，也有一群愛你的我們。喜歡看你同我們分享生活中的點點滴滴，還有一些人生的感悟。讓我同夫人一樣對生活充滿信心，對未來充滿希望。——愛你的某橘

夫人，你要小心哦。我素來搶老爺的。哈哈！——非常正太的光崽

我心目中的璀璨夫人，每每都在夜深人靜我獨自面對著電腦時，就會po上美味的料理來引誘我這個自製力不夠的貪吃鬼，都害我減重失敗的小壞蛋！「其實我懂你的貼心，你是怕我忍著饑餓就上床睡覺會睡不好而失眠，對吧！放心我會把我自己養的和你一樣肥美滴」自己也要多保重千萬不能瘦囉！不然我會心疼唷！——永遠支持妳的——蘋果姐

親愛的夫人：我們何其幸福擁有著父親的寵愛，又何其幸運，對摯愛的父親有著相似的珍貴記憶……人生路上我們不孤單，因爲有愛，永遠在心中……彼此加油！——莎濱娜

永遠愛夫人支持夫人！——張小米

親愛的夫人：不管做任何事我們都支持你！但最希望看到的就是你！身體健健康康，平安幸福——愛你的美人魚

夫人可以一直打我愛妳嗎？！哈哈哈我愛你我愛你我愛你我愛你我愛你我愛你我愛你我愛你我愛你我愛你我愛你我愛你我愛你！好棒喔！能夠在網路上遇到妳感覺很不可思議！你總是分享妳生活生中的大大小小的事，也會在我心情不好的時候開導我，還有妳都說我很可愛哈哈哈！但是我不可愛辣——黑輪

璀璨閃亮獻溫情，
膚慰會員受傷心；
宜室宜家滿熱情，
愛家愛您送誠心。——FROM湘婷之薰衣草美館

夫人你真的是多才多藝的奇女子
甜美的聲音配上有氣質的外表
是如意學習的對象與目標——如意

真性情、平易近人、善解人意是夫人給我的感覺，當然還有美艷動人囉——小咕咕

因爲有愛，僅管分隔，我們仍有思念，夫人對父親的愛，我一向……很是羨慕與感動呢！——凱蒂媽

我想我是怎麼也學不會，學不會那堅強那勇敢，總在思念以後，總在眼淚流下以後，擦乾眼淚，然後微笑。學不會那熱情，總是大聲的說著：「我愛你！」「我想你！」總是這麼溫暖的關心著……每個人，學不會那坦率那真誠，總是如此真真切切，不做作，不矯情。學不會那柔情似水，一個眼神、一句輕語，總是有辦法讓人融化，無力招架。這就是心目中我想我永遠也學不會的璀璨夫人——By Jing呼！我寫好了，好害羞……

女性的溫柔、如璀璨的陽光；堅韌的意志力、行動力與實踐力，有著男性的雄略與霸氣，將光與愛落實在事業與家庭還有自己的身上，女人的驕傲，她，就是「璀璨夫人」——凱薩琳

親愛的夫人你好：

在千山萬水人海相遇，哦，原來你也在這裡！真高興能在茫茫人海中認識你，認識你的美麗，認識你的善良，認識你的幽默。從每晚在微博奉上的一盤盤精美菜肴，再到網路電臺的節目，不難看出你是一個「上得廳堂，下得廚房」的完美女人，勤勞智慧，不愧是我們小蜜蜂的女王蜂女王陛下呀！通過夫人一年多的日夜忙碌，五百終於快和大家見面了，好開心，真心敬佩夫人有時忍著病痛和疲勞還堅持創作，相信五百和大家見面的時候，應該是一

個充滿夫人的愛的作品！千言萬語不知如何去表達對五百的期盼之情和敬慕之意，只盼能在他正式和我們見面的時候，我們能趕快與他見面而後成爲朋友！話多不說，當然首先祝五百大賣，夫人闔家歡樂、萬事如意！——愛你的小蜜蜂 愛不走

帶著充滿熱情不放棄的情感，以一種新的洞見和視野，化爲正確實在的行動！

With great Passion, a new vision and perception to exactly act out. ——送給璀璨夫人的新書

daphne

親愛的夫人，很高興在微博世界裡能夠和你不期而遇。在追逐奶茶的路上，能夠有你提供源源不斷的快樂和力量真的好幸福。你所展現給我們的都是能夠提高我們正面能量的。還有就是夫人真的是賢妻良母 愛你……——若應戀茶

鏘鏘鏘！親愛的夫人出書啦！歐ㄚ！預祝書本大大大大賣噢！但也要好好照顧自己，別把自己熬壞了。——Pypy

忘了當初怎麼認識「璀璨夫人」的，一直到我們的「會長」來台灣那年，才對夫人有了更進一步的印象。最讓我佩服的，莫過人夫人堅強的意志力和行動力，但令我印象最深刻的，卻是夫人那與生俱來甜美又嗲氣的聲音語調；別說是老爺了，連我聽來心裡都是一陣酥麻呢！兼具知性與感性的夫人，不論在事業、婚姻或待人處事上，全都像妳的稱呼那樣的

「璀璨」亮眼，今生有幸得識這位美麗動人的才女，爲我的生命增添許多感動。恭喜夫人的五百，終於在大家引頸期盼下誕生了，希望妳的五百帶給更多人有更多的感動。——三個孩子的總裁媽咪

親愛的，你知道嗎？因爲你，幸福每天都在升溫，你知道嗎？你的知性與癡狂爲不完美的生活掛上了一道璀璨的彩虹，圓了我想要有個大姐姐寵愛的夢，陪著我成長，伴著我面對一切，讓我在逆境和順境裡都可以安心的傻哭傻笑。

你知道嗎？你的一句話，一個眼神，一個微笑，一個肯定對我都那麼的重要。請讓我繼續守護著你，見證接下來六百、七百、八百……的誕生。讓未來一天比一天更美好的事情；一天比一天更濃厚的情誼溫暖你我的心。

兩年前我說過，我會愛你一萬年；現在，我想說，一萬年後我要再愛你一萬年。

透過「歪太空」訊號留言的——「肥美叛徒」GENE

初相識，便感覺她的特別。後來也曾說過她是一個極具魅力的女人，她坦然、真切、親和、情感素而熾熱，我常常對身邊的朋友說，從夫人身上學會了一點就是不拘泥自己的情感，愛要善於言傳方可溫暖，當然這種「勇氣」也是從她身上學到的。一個人的光亮能讓一圈人溫暖，這就是她，我們的璀璨夫人。——愛你的教主

夫人是一個特別溫柔，熱愛生活，而且做的菜超級好，每次看照片都看的垂涎三尺。你

要一直幸福下去哦！——妃紫嫣紅

我們之間被城市所隔閡，但是因爲微博我們拉近了彼此之間的距離，從陌生到熟悉。即使相隔萬里，依舊能感受得到夫人的熱情、大方！願夫人的書大賣！——包包送上

偶然中看到您文章中談到的植物精油，想給有異位性皮膚炎的姪女試試看，果然，今天發現姪女已經好得看不出疤了！真是太感謝夫人您了！有您真好！——林小任

Dear我最親愛的夫人，你既性感又美麗也大方，也充滿了愛以及良善的心。今天，你要出書了！當然要來支持一下你囉！祝你新書大賣！簽名簽到手軟！——子鈺

認識可愛的夫人，真的是一件很幸福的事！充滿正能量的你擁有讓人快樂的能力！而且偷偷講……夫人還是個美廚娘呢！希望夫人快樂健康，新書大賣呢！——超愛夫人秀廚藝的果果

國家圖書館出版品預行編目資料

化悲傷為一座璀璨花園 / 璀璨夫人 著 --初版--
臺北市：博客思出版事業網：2012.7

ISBN：978-986-6589-72-0（平裝）
855 101011395

心靈勵志 15

化悲傷為一座璀璨花園

作　　者：璀璨夫人
美　　編：鄭荷婷
封面設計：鄭荷婷
執行編輯：張加君
出 版 者：博客思出版事業網
發　　行：博客思出版事業網
地　　址：台北市中正區重慶南路1段121號8樓14
電　　話：(02)2331-1675或(02)2331-1691
傳　　真：(02)2382-6225
E—MAIL：books5w@gmail.com或books5w@yahoo.com.tw
網路書店：http://store.pchome.com.tw/yesbooks/
博客來網路書店、華文網路書店、三民書局
總 經 銷：成信文化事業股份有限公司
劃撥戶名：蘭臺出版社　帳號：18995335
香港代理：香港聯合零售有限公司
地　　址：香港新界大蒲汀麗路36號中華商務印刷大樓
C&C Building, 36,Ting, Lai, Road, Tai,Po, New,Territories
電　　話：(852)2150-2100　傳真：(852)2356-0735
出版日期：2012年7月 初版
定　　價：新臺幣280元整（平裝）
ISBN：978-986-6589-72-0